Moisha
Deena O´Neill

Für Ömchen
du fehlst

Wie ein Baum

Wie ein Baum stehst du da
Kein Wind bringt dich zu Fall
Wenn ich dich so ansehe, bewundere ich dich
So viel hast du gesehen, erlebt – überlebt
Wie ein Baum stehst du da
Ja, wie ein Baum…
Denn ein Baum ist weise
ist stark
ist alt
Ein Baum hat etwas Beruhigendes
er gibt so viel
und nimmt so wenig
so wie du
Wie ein Baum stehst du da
Stehst vor mir
Du schenkst Wärme, Geborgenheit
und Liebe
Du bist ganz tief verankert in meinem Herzen
für immer
Und du stehst einfach nur da
Vor meinem geistigen Auge
Wie ein Baum
Ein Baum ist stark
fest verankert an einem Platz
er geht nicht mehr weg
zieht nicht weiter
so wie du
Du bleibst,
verweilst an einem Ort
wo ich dich immer finden kann
wie ein Baum

© *QQ*

Deena O'Neill

Moisha

*Bibliografische Information der Deutschen National-
bibliothek:*
*Die Deutsche Nationalbibliothek verzeichnet diese
Publikation in der Deutschen Nationalbibliografie;
detaillierte bibliografische Daten sind im Internet
über http://dnb.dnb.de abrufbar.*

Illustration: **Lena Lindner**

Bildmaterial: **Unsplash**

Herstellung und Verlag: **BoD – Books on Demand
Norderstedt**

ISBN: 978-3-744-82234-3

1

„Mo! Steh jetzt auf Kleines, du musst gleich los, die Schule beginnt!".

Die Stimme meiner Mutter reißt mich aus dem Schlaf. Ich setze mich auf, schaue aus dem Fenster, die Sonne scheint.

„Ich bin wach Ma!", rufe ich auf dem Weg ins Bad. Mit sechzehn hat man es auch wirklich nicht leicht. Bis spät in die Nacht habe ich mit Mike auf meinem Bett gesessen und geredet, bis er durch das Fenster nach Hause ging, weil wir meine Mutter gehört hatten.

Sandy textet mich seit Tagen mit ihrem Liebeskummer zu und Aaron Jones schreibt nicht zurück. Das einzige was mir zu meinem Glück noch gefehlt hat, war der riesige Pickel der dort auf meiner Nase prangt. Jackpot!

Ich versuche ihn zu bearbeiten, was nur dazu führt, dass er knallrot und nicht zu übersehen ist. Also gehe ich schnell duschen und mache mich zurecht. Zumindest meine Haare liegen immer wie sie sollen.

Shorts, Top, Vans und schon sitze ich am Frühstückstisch. „Du wirst immer hübscher mein Mädchen. Noch hübscher wärst du wahrscheinlich, wenn du mehr schlafen würdest, anstatt mit Mike darüber zu philosophieren, ob Aaron dich jetzt für wahnsinnig hält und Janie James auf Mike steht oder eher auf Jamal!" Sie bricht in Gelächter aus, ich werde knallrot. „Ehm, du hast uns gehört?" Sie nickt. „Ja Schatz, ich höre euch oft und wenn ich denke, dass es wirklich Zeit zum Schlafen ist, gehe ich lautstark zur Toilette!" Sie lacht herzhaft, ich muss grinsen. „Tut mir leid Ma." „Schon OK Baby, wir waren alle mal jung. Iss deine Flakes jetzt." Sie zwinkert und räumt weiter auf.

Ma und ich sind ein Team. Wir müssen. Seit Dad vor sechs Jahren ums Leben kam, ist sie auf sich gestellt, alles hat sie allein geschafft. Daddy's Lebensversicherung war hoch genug um das Haus ab zu bezahlen. Für alles andere, arbeitet Ma jeden Tag im Supermarkt.

Mikes Fahrradklingel veranlasst mich, meine Flakes schneller zu essen und den Tee hinterher zu schütten. „Ich bin weg Ma, bis nachher!"

Ich warte nicht auf ihre Antwort, sondern stürme raus. „Guten Morgen! Konntest du noch schlafen?" Ich schwinge mich auf mein Rad. „Ja, ein wenig. Sie weiß es, Mike!" „Wer weiß was?" „Meine Ma weiß, dass du nachts zu mir kommst!"

Mike fällt beinahe vom Rad.

„Waaas???" Ich lache. „Ja, aber sie hat nicht gemeckert oder so, sie musste lachen. Sie hört auch was wir sagen!" „Um Gottes Willen, dann lass uns woanders treffen oder nur schreiben nachts!", sagt er. Er ist knallrot.

Mike und ich sind Freunde, seit wir in die Pre-School gegangen sind. Mike hat viele Brüder und

Schwestern, seine Familie war arm, doch sein Dad hat sich in der Firma, in der er arbeitet, einen guten Namen gemacht.

Ich grinse ihn an und wir biegen auf den Parkplatz der Schule ab. In Middleton erreicht man alles schnell, man kennt auch jeden schon sein Leben lang. Es ist ein richtiges Dorf, unser zu Hause.

Auf dem Parkplatz kommt mir Sandy entgegen. „Mo, Mo! Du wirst nicht glauben, was passiert ist!" Sie sieht aus, als hätte sie ein Gespenst gesehen. Ich schüttele den Kopf. Sie sprudelt los. „Sarita, die Neue, ist jetzt mit Aaron zusammen. Sie haben sich gestern getroffen und schwupps hat sie ihn am Haken, ist das nicht unglaublich? Wie machen diese Mexikaner das immer?" Mike und ich brechen in Gelächter aus. „Das ist nicht dein Ernst San? Es liegt doch nicht an der Herkunft!", sage ich und realisiere dann erst, mit wem Sarita zusammen sein soll.

Genau in der Sekunde läuft das neue Paar über den Parkplatz. Sie ein selbstgefälliges Grinsen im Gesicht, er den Arm um ihre Schulter - cool wie immer. Meine Mundwinkel gehen runter. Mike schaut mich an, stupst meine Nase mit dem Finger. „Du hast einen viel besseren verdient!", sagt er nur und zieht mich hinter sich her zum Nebeneingang, weg von der Vorstellung. Sandy folgt uns. Ich atme tief durch „Du hast Recht!", antworte ich und wir gehen rein.

Die ersten Stunden vergehen recht schnell. In der Mittagspause treffen wir uns an unserem Stammtisch. Aaron und Sarita sitzen am Nebentisch, wann immer sie denkt wir schauen rüber, küsst sie Aaron auf die Wange. Widerlich.

Janie und Jamal kommen zu uns an den Tisch. Mike wird nervös, wenn er Janie sieht. Er lässt beinahe sein Getränk fallen und stammelt ein „Hi" in ihre Richtung. Oh Mike.

Janie grinst. Ich glaube sie mag ihn, aber Mädchen warten eben, dass der Junge den ersten Schritt macht. So sind wir.

Beim Essen reden wir kaum. Janie berichtet vom Geschichtstest. Sandy erzählt, dass in der Schülerzeitung einiges über den bevorstehenden Ball geschrieben wird.

Ich versuche, nicht zum Nachbartisch herüber zu sehen. Aaron und ich wollten Eis essen gehen. Er hat dann plötzlich nicht mehr geantwortet, jetzt weiß ich wohl warum.

Die letzten Stunden gehen ebenfalls schnell um. Ich habe eine Nachricht von Ma. Sie übernimmt die Spätschicht im Markt, etwas zu essen ist im Kühlschrank. „Was ist?", fragt Mike. „Ma kommt später", antworte ich ihm. „Perfekt, komm, ich muss dir was zeigen!" Er springt auf sein Rad und braust los. Ich folge ihm.

Er fährt in unsere Straße, biegt in den Wald ab und bleibt vor einer Hütte stehen. Dies war mal die Hütte eines Försters. Sie steht seit Jahren leer. „Meinem Dad gehört die Hütte jetzt. Er bewahrt dort Zeug auf, das er nicht braucht. Schau mal." Mike öffnet das Schloss. Wir treten ein, innen ist es wie ein Lager. Ausserdem steht hier der alte Pick Up, den Mr. Jameson reparieren will. Ein Oldtimer. „Das könnte unser neues Versteck sein oder? Früher waren wir immer hier in der Hütte. Jetzt können wir es uns in dem alten Schätzchen da bequem machen!" Ich lächle ihn an, Mike strahlt wie ein Kind.

Mir fallen die Tage in der Hütte ein, die Nacht, als es draußen plötzlich gewitterte und wir hier eingeschlafen waren und mein Dad uns gefunden hat. Wir zitterten am ganzen Leib, vor Angst und Kälte. Das war kurz vor Dad´s Tod. Seitdem waren wir nicht mehr hier gewesen, da in der Nacht das Dach eingestürzt war. Mr. Jameson hatte alles fertig gemacht.

„Ja, tolle Idee Mike!" Ich gehe zum Wagen, öffne die Tür. Drin liegt eine Flasche Cola und eine Chipstüte.

„Seit wann planst du das?" Mike grinst nur und steigt zu mir ins Auto. Wir tun so, als führen wir weg. Quer durch Amerika. Wir lachen. „Eines Tages habe ich ein großes Haus in den Hamptons", sagt Mike. „Hey, und was ist hier mit uns?", frage ich. „Na, ihr kommt alle mit, ich kauf einfach mehrere!" Wir lachen laut.

Mike möchte Architekt werden. Große, schöne Gebäude planen. Er will mir eine Galerie bauen, in der ich meine Bilder ausstellen kann. Ich male sehr gerne. Aber ich bin realistischer als Mike.

Ich weiß, ich muss etwas Vernünftiges lernen. Malen wird niemals das sein, womit ich mein Geld verdiene.

Plötzlich wird mir bewusst, dass es irgendwann einen Tag geben wird, wo uns das Leben trennt. Zumindest für eine Weile. Mike will studieren. Am liebsten in Harvard. Das ist tausende Kilometer weit weg von Middleton. Ich habe noch keine Ahnung, was ich machen werde.

„Was ist?", fragt Mike plötzlich. Ich schaue ihn an „Versprich mir, dass uns nie etwas trennen wird, dass wir immer in Kontakt bleiben, egal was geschieht!" Ich werfe mich an seinen Hals. Er nimmt mich fest in den Arm „Natürlich verspreche ich es dir! Wie kommst du jetzt darauf?" „Ich weiß es nicht. Diese Hütte hat mich an meinen Dad denken lassen und dadurch kam ich darauf, dass wir irgendwann eigene Wege gehen werden und zumindest nicht mehr alle hier in Middleton sind." Mike streicht mir eine Haarsträhne aus dem Gesicht. „Moisha, ich verspreche dir, es gibt nichts auf der Welt, dass mich dazu bringt, dich und unsere Freundschaft zu vergessen!" Er legt seine Stirn an meine und wir schließen die Augen. Es fühlt sich an wie ein Schwur.

Wir bleiben lang so sitzen, bis Mike´s Handy schellt. „Ja. Ok Dad, bin gleich da!" Er legt auf. „Mein Dad will das ich heim komme. Komm mit!", sagt er und steigt aus. Ich folge ihm und wir schieben die Räder zu ihrem Haus.

Seine Mum ist in der Küche, als wir herein kommen. „Moisha meine Schöne!! Mike, dein Vater erwartet dich im Wohnzimmer." Sie drückt mich an ihre Brust. Irgendetwas stimmt nicht. „Ist irgendetwas, Kate?" Sie sieht schnell aus dem Fenster. „Nein, es ist nichts. Hier nimm einen Kuchen und geh heim, ja?" Sie drückt mir einen Muffin in die Hand und schiebt mich zur Tür. Ich verabschiede mich und gehe rüber.

Was war denn mit ihr los? Ich schaue zu Hause in den Kühlschrank. Eine Suppe. Ich habe keinen Appetit und nehme nur den Kuchen mit hoch in mein Zimmer. Um nicht weiter darüber nach zu denken, mache ich die Hausaufgaben.

Als ich fertig bin, ist es früher Abend. Mein Handy zeigt keine Nachrichten an. Ich gehe runter in die Küche, um mir die Suppe warm zu machen. Vor Mikes Haus, schräg gegenüber steht ein Laster. Es werden Möbel eingeladen. Ich bleibe am Fenster stehen. Was geht da vor sich? Ich habe ein ungutes Gefühl im Bauch und rufe Mike an „Jetzt nicht Mo, ich komme gleich rüber!", flüstert er hastig und legt auf.

Ich laufe auf und ab. Die Suppe bekomme ich kaum runter.

Es klopft. Ich stürme zur Tür, Mike huscht an mir vorbei in die Küche. Er sieht aus, als hätte er es eilig. „Mo, wir gehen weg. Wir ziehen nach Boise. Dad hat dort einen Job im Hauptsitz der Firma.", seine Stimme zittert.

Was hatte er gerade gesagt? „Das... das kann nicht wahr sein Mike. Wann?" Mike nimmt mich in den Arm. „Dad schon morgen. Wir am Sonntag." Ich fange an zu weinen.

Hatte ich nicht vorhin noch darüber nachgedacht? Was passiert jetzt? Boise ist mit dem Bus fast eine Stunde entfernt. Mike und ich können uns nicht mal eben schnell besuchen. Er besucht eine andere Schule. Mein Magen dreht sich um. Mike drückt mich noch fester an sich. „Alles wird gut Mo, wir müssen da jetzt durch", sagt er leise. Es ist wie ein Mantra das wohl ihn, wie auch mich, beruhigen soll. Wir stehen einfach da, bewegen uns nicht. „Ich muss wieder rüber, wir müssen packen. Bis morgen!" Er küsst mich auf die Wange, wischt sich seine Tränen weg und geht.

Mein bester Freund, mit dem ich alles geteilt habe, jedes Geheimnis, der Mensch, der mich am besten kennt, wird gehen. Nichts wird gut werden, nichts wird sein wie es war. Wir werden andere Freunde haben und uns auseinander leben. Ich räume wie betäubt mein Geschirr weg und setze mich vor den Fernseher.

Ma kommt um neun von der Arbeit.

„Mo, ich bin da!", ruft sie die Treppe rauf, bis sie mich auf der Couch entdeckt. „Hey Baby, ist alles ok?"

Sie kommt zu mir, ich starre auf den Fernseher.

„Nein Ma, es ist nichts ok." Ich breche in Tränen aus und erzähle ihr, was geschehen wird.

Sie tröstet mich. Doch aller Trost nützt nichts. Letztendlich beruhige ich mich und bin wie erschlagen vom Weinen.

Ich packe meine Schulsachen und gehe ins Bett. Doch ich schlafe nicht ein. Ich starre an die Decke. Es ist fast Mitternacht als ich höre, wie Mike durchs Fenster klettert. Er sagt nichts, krabbelt zu mir unter die Decke und nimmt mich in den Arm.

„Denk daran, was ich dir versprochen habe. Hier, ich möchte dass du das trägst!", sagt er und gibt mir eine Kette an der ein kleiner Anhänger mit einem M hängt. Er holt eine Kette unter seinem Shirt her. Ich lege mir die Kette um. „Lass uns einfach nicht daran denken!", sage ich und schließe die Augen. „Ok, schlaf jetzt.", sagt er, aber anstatt zu gehen, schließt auch er die Augen.

2

Als ich aufwache, ist Mike weg. Ich sehe auf mein Handy, es ist sechs Uhr in der Früh.

In einer halben Stunde muss ich aufstehen. Ich schalte den Fernseher ein. Es laufen Cartoons. Meine Gedanken kreisen pausenlos darum, dass mein bester Freund wegziehen wird und ich nichts dagegen tun kann.

Um halb sieben klopft meine Ma. „Baby, du musst aufstehen." „Bin wach Ma.", schniefe ich. Sie kommt rein und setzt sich auf meine Bettkante, streichelt meinen Kopf. „Es wird schon Schatz, ihr könnt euch doch immer noch sehen!" Ihr Blick sagt mir, dass sie das selbst nicht wirklich glaubt. Ich stehe auf und nehme Sachen aus meinem Schrank. Dann drehe ich mich zu ihr um „Ja Ma, bestimmt. Trotzdem wird sich alles ändern." Ich gehe ins Bad.

Als ich zu Ma in die Küche komme, steht sie am Fenster. „Mr. Jameson ist gerade abgefahren. Mo, es tut mir so leid." Sie blickt mich an, ich schaue weg. „Ich weiß Ma, lass uns nicht davon reden. Noch haben wir ja diese Woche und dann wird es eben anders sein."

Sie nickt, stellt mir Pancakes hin.

Plötzlich klopft es. Ma öffnet die Tür und Mike kommt fröhlich herein, nimmt sich einen Pancake und setzt sich. „Hey, lass uns einfach so tun, als sei alles wie immer ok!?" Er zwinkert.

Ich muss grinsen, er ist unverbesserlich. Ich esse einen Pancake. „Was war denn?", sage ich kauend und wir müssen beide lachen.

Die Schule vergeht heute schnell. Der Ärger über Aaron und Sarita ist verflogen. Es gibt viel schlimmere Geschehnisse.
Selbst Sandy redet nicht so viel wie sonst, Janie sieht bedrückt aus und starrt Mike an, Jamal sagt immer wieder „Du wirst mir so fehlen, Bruder!".
Wir alle sind traurig und bestürzt, jeder für sich versucht es irgendwie zu verkraften. Mike tut mir am meisten leid, für ihn ändert sich noch viel mehr als für uns.
Als wir nach Hause fahren, biegt er ohne Vorwarnung in den Wald ein. Er geht in die Hütte, ich folge ihm einfach. Er setzt sich ans Steuer des Pick-Ups, sein Blick scheint in die Ferne zu schauen.
Ich setze mich daneben, sage kein Wort, mir laufen Tränen über die Wangen. Mike bedeckt plötzlich die Augen mit seinem Arm und schluchzt. Ich nehme ihn in den Arm.
„Ich kann hier nicht weg gehen, Mo. Ich will hier bei euch bleiben. Ich will zu Hause bleiben."
Er weint. Ich habe ihn noch nie weinen sehen, nicht mal als Kind, wenn sein Dad ihn und seine Geschwister geschlagen hat. Er war immer gefasst, hat seine Schwestern getröstet. Ich bleibe einfach sitzen, halte ihn, weine leise mit. „Du vergisst mich nicht oder? Mo, versprich es mir!"

Es klingt wie ein Befehl. „Niemals, Mike. Ich verspreche es dir." Wir sehen uns an und er küsst mich auf den Mund. Wie als wir noch Kinder waren. Wir halten uns fest.

Es vergeht einige Zeit, bis wir uns voneinander lösen. Mike streicht mir eine Strähne aus dem Gesicht. In seinem Blick liegt ein Versprechen. Eine Art Schwur, unausgesprochen. „Komm wir gehen zu mir. Mum hat Essen gemacht.", sagt er und steigt aus.

Die ganze Familie ist bedrückt. Kate nimmt mich ständig in den Arm oder küsst meine Stirn.

So vergehen die nächsten Tage. Samstagmorgen kommt Mike rüber, als Ma und ich noch am Frühstückstisch sitzen.

„Hey, wir beide machen gleich einen Ausflug nach Boise. Ich zeige dir, wo wir ab morgen wohnen und meine Schule, ok?" Er sagt es fast fröhlich. Ich nicke. „Klar, gerne, wann geht's los?", frage ich. „Der Bus fährt alle 30 Minuten. Wann bist du fertig?" Ich überlege kurz. „In 30 Minuten?" Ich lache, er auch. Ma sieht uns an und schüttelt den Kopf. „Ihr zwei...", sagt sie nur und fängt an abzuwaschen.

Ich mache mich schnell fertig und wir fahren mit den Rädern zum Bus.

Die Fahrt dauert etwa eine Stunde, wir schauen aus dem Fenster, beobachten die Leute im Bus, denken uns Geschichten über sie aus und lachen viel. „Warum wolltest du mit mir her fahren,

Mike?", frage ich ihn, kurz bevor wir ankommen. „Weil ich möchte, dass du weißt wo ich bin. Es ist dann glaube ich einfacher, weil man sich alles besser vorstellen kann. Ich wollte einfach, dass du schon mal hier warst.", sagt er, etwas verwirrt. „Das war eine gute Idee.", sage ich und lächle ihn an, lege meinen Kopf auf seine Schulter.

Am Busbahnhof steigen wir aus. Von dort sind es ungefähr 1,5 km bis zu seinem neuen zu Hause. Die Siedlung ist unserer sehr ähnlich, allerdings sind die Häuser größer, teurer. „Wir gehen zu einer Privatschule, mit Uniformen.", sagt Mike in Gedanken, während wir laufen.

„Steht dir bestimmt. Ist doch total praktisch, du musst dich nie mehr morgens fragen, was du anziehst!", grinse ich. Er lächelt.

Vor einem mittelgroßen Haus macht er halt.

Es ist wunderschön. Bestimmt drei Mal so groß, wie das Jameson-Haus in Middleton. Ich staune, Mike läuft den Weg rauf, klingelt an. Sein Dad öffnet uns. „Hey, kommt rein, ich muss noch mal los ins Büro!", sagt er hektisch und geht. „Hey Mr. J!", rufe ich ihm noch hinterher. „Ich habe noch keinen Schlüssel. Komm ich zeige dir mein Zimmer!", sagt Mike.

Wir gehen rauf, bis unter das Dach. Dort gibt es links und rechts eine Tür. „Wir haben alle eigene Zimmer. Bis auf Clarisse und Debbie. Das ist meins!" Er öffnet die rechte Tür. „Links ist Brady´s Zimmer. Im ersten Stock sind die Mädchen. Anna und Lola haben ihre eigenen Zimmer, Clarisse und Debbie haben das eigentliche Schlafzimmer und Mum und Dad haben ein riesiges Zimmer im Anbau. Es ist schon ein tolles Haus."

Mike ist der zweitälteste von sechs Kindern. Brady ist 19, Anna 13, Lola ist 10 und die Zwillinge Clarisse und Debbie sind gerade fünf. Hier haben wirklich alle Platz. Vorher schliefen die vier in einem Zimmer, die Kleinen bei den Eltern im Schlafzimmer. Das Haus in Middleton ist so groß wie das von Ma und mir.

Mr. Jameson hatte wirklich was erreicht. Ich verstand jetzt, dass er den Schritt gewagt hatte. Trotzdem wollte ich nicht, dass mein Freund hier wohnt, weit weg von mir. „Es ist traumhaft Mike!" Sein Zimmer ist ganz neu eingerichtet. Ich setze mich auf die Couch, nehme ein Kissen in den Arm. Mike setzt sich zu mir. „Möchtest du etwas trinken? Oder sollen wir direkt zur Schule rüber gehen? Sie ist nur einen Block weiter!", fragt er. „Lass uns die Schule anschauen!", sage ich und springe auf.

Wir nehmen den Ersatzschlüssel mit und laufen zur Schule. Es dauert keine fünf Minuten.

Am Montag wird seine Fahrradklingel nicht ertönen, ich muss allein zur Schule fahren. Er läuft mit seinen Geschwistern. Es ist eine sehr große Schule für alle Altersstufen, selbst die Kleinen gehen hier in den Kindergarten. Die Schule ist der Wahnsinn. Ein altes Gebäude, hohe Wände, lange Flure, einfach wunderschön. „Auf meinen Ball nehme ich dich mit Mo!", sagt Mike plötzlich und nimmt meine Hand. Ich lächle ihn an. „Gehst du mit mir auch auf den Ball in Middleton? Er ist schon in zwei Wochen und wir wollten doch zusammen hin!?", frage ich ihn. „Ich denke, das wird sich einrichten lassen, ich habe schließlich Karten!", sagt er und zückt vier Karten aus seiner Tasche. Er grinst breit.

Zwei Karten sind für den Ball an der Middleton High, die anderen zwei für einen Ball an der Roosevelt Private School, seine neue Schule. Ich umarme ihn. „Danke Mike, ich bin dabei.", sage ich entschlossen. Er nickt. Wir gehen zurück zum Haus. Es ist später Nachmittag. Sein Dad ist wieder da, sowie Brady, der bereits hier mit seinem Dad gewohnt hat, da er ein Praktikum in der Firma macht. Wir trinken noch etwas in der Küche. Dann verabschieden wir uns und Brady bringt uns zum Busbahnhof.

„Bis morgen Brüderchen und heul nicht so viel!", sagt er zum Abschied und fährt davon. Ich schüttle nur den Kopf. Brady ist ein fieser Kerl, ich mochte ihn noch nie wirklich. Er hat Mike immer aufgezogen, weil er nie so ein harter Kerl sein wollte, wie er.

Ich schlafe im Bus an Mike´s Schulter gelehnt ein. Er weckt mich in Middleton. „Prinzessin, wir sind da!", sagt er, ich schrecke auf. Wir steigen aus, nehmen unsere Räder und fahren nach Hause. Auf dem Rad werde ich wieder hellwach.

Mir wird wieder bewusst, dass es morgen vorbei ist. Er wird weg sein, ein anderes Leben führen, in diesem tollen Haus, in dieser gigantischen Schule. Ich werde hier sein. Beide werden wir allein sein.

Weil ich so in Gedanken bin, übersehe ich ein Schlagloch. Mike springt vom Rad „Mo, Mo, alles ok? Was ist passiert?" Ich liege auf dem Boden, mein Arm tut weh und mein Fuß, aufgeschürft. Ansonsten fehlt mir nichts. Wir schieben den Rest des Weges und versorgen zu Hause meine Wunden, als Ma heim kommt. „Mo, was ist passiert?", fragt sie besorgt, als sie die Kompressen und den Verband auf dem Tisch liegen sieht. „Alles ok Ma, ich bin mit dem Rad gefallen.", antworte ich ihr. Sie hilft Mike, alles weg zu räumen. „Mike, ich habe mit deiner Mum gesprochen, du kannst hier schlafen, wenn du magst, drüben sind ja nur Luftmatratzen, wir haben noch die Gästematratze hier.", sagt sie liebevoll. Wir grinsen uns an. „Ok, cool, danke Lakisha!", bedankt sich Mike bei Ma.

Wenn ich Ma´s Namen höre oder lese, muss ich daran denken, wie meine Eltern auf meinen Namen kamen. Meine Ma ist Afro-Amerikanerin, mein Dad war Europäer, seine Familie kam aus Deutschland. Sein Name war Moritz. Meinen Namen, Moisha, setzten sie aus ihren Namen zusammen. Als ich sie fragte, warum der Name dann nicht einmalig ist, erklärten sie mir, dass sie meinen Namen wirklich vorher nicht kannten und so darauf kamen. Ich mag diese Geschichte, sie zeigt, wie sehr sie sich geliebt und verbunden gefühlt haben. Dad ist jetzt schon sechs Jahre tot. Ich möchte immer noch glauben, dass er eines Tages wieder durch die Tür kommen wird, meine Ma auf den Mund küsst und mich auf die Stirn, mit seinem Lachen alle ansteckt.

Meine Ma war schwanger, als er starb, sie hat das Kind verloren, durch die schwere Zeit. Sie hat so viel gelitten und trotzdem ist sie ein fröhlicher und wunderbarer Mensch.

Ich sehe zu Mike. In mir krampft sich alles zusammen, als hätte jemand eine Faust um Magen und Herz geballt. Mike ist für mich wie ein Bruder. Für Ma ist er wie ein Sohn. Ich hoffe, ich habe ihre Stärke.

„Ein Kind ist das größte Geschenk, dass der Himmel uns macht, Moisha. Um jeden Preis muss eine Mutter ihr Kind schützen!", sagte sie damals zu mir. Als sie schwanger war und ihren Bauch streichelte. Sie war sich sicher, es würde ein Junge sein. Der Fötus war noch zu klein, als sie ihn verlor, man konnte es nicht bestimmen.

Dad´s Unfall kam so plötzlich. Den Fahrer des Lasters hat man bis heute nicht ausfindig gemacht. Dad lag vier Wochen im Koma, in der Nacht, als meine Ma ins Krankenhaus musste und das Baby verlor, starb auch mein Vater. Von dem Tag an war nichts mehr wie vorher.

Mama hat so viel geweint, hat mich oft einfach fest gehalten und gesagt: „Wir schaffen es irgendwie, wir sind stark!". Mehr um sich selbst davon zu überzeugen. Doch sie hat Recht behalten, wir sind stark, wir sind ein Team.

„Mo, Hallo!! Antworte doch!" Ich blicke Mike an, der stirnrunzelnd zu mir runter sieht. „Lieber Chips oder Popcorn und sollen wir einen Film leihen?" Ich nicke. „Ja ok. Lass uns los."

Wir leihen Titanic aus und kaufen Chips und Popcorn, weil wir uns nicht entscheiden können.

Ma möchte gern mit uns schauen, wir sitzen alle drei auf Kissen, auf dem Boden, vor der Couch, Chips und Popcorn parat und lachen und weinen zusammen. Am Ende des Films nimmt Mama Mike fest in den Arm. „Mein Junge, versprich mir, gut auf dich aufzupassen und, dass du uns nicht vergisst und oft besuchst. Du bist immer herzlich willkommen!" Sie küsst ihn auf die Stirn. „Danke, ich werde es nie vergessen.", sagt er und nimmt sie in den Arm.

Wir helfen Ma, das Wohnzimmer aufzuräumen und sagen Gute Nacht. Die Gästematratze liegt neben meinem Bett, ich schaue von der Bettkante auf Mike. „Morgen also...", sage ich leise und schlucke. Er setzt sich auf, nimmt mein Gesicht in seine Hände. „Alles wird gut, Moisha, du wirst sehen." Er legt seine Stirn an meine und wir schließen die Augen. Wie selbstverständlich krabbelt er unter meine Decke und nimmt mich in den Arm.

Wir reden noch lange, über unsere Kindheit, Sachen, die wir erlebt haben, lachen über diese Zeiten, bis wir irgendwann einschlafen.

3

Der Abschied ist tränenreich. Alle weinen. Kate, die Mädchen, Ma. Mike und ich sind relativ gefasst.

Wir umarmen uns alle mehrfach, viele Nachbarn sind gekommen. Brady ist in Boise geblieben. Mr. Jameson treibt alle an, sich zu verabschieden „Heult nicht so viel, wir gehen nicht in den Krieg. Morgen ist alles wieder vergessen!", blökt er und steigt in den Wagen, lässt den Motor an. Er ist ein griesgrämiger Mann, hat die Kinder schon oft geschlagen; er war immer nett zu mir und Ma, aber er ist kein netter Mensch. Kate hatte so oft tiefe Augenränder. Auch sie schlägt er. Um ihn ist es nicht so schade. Mike drückt mich als letzte noch einmal und dann steigen sie ein und fahren los.

Fahren davon. Einfach so aus unserem Leben.

Ich bleibe auf der Straße stehen, blicke ihnen noch lange nach, obwohl ich sie nicht mehr sehen kann. Mein Handy surrt. *Geh rein ;)*, schreibt Mike. Er kennt mich einfach zu gut. Ich muss schmunzeln und eine Träne tropft auf das Display *Bin ich längst, konnte kaum abwarten dich endlich los zu sein :D* Nein... du fehlst mir jetzt schon, antworte ich und gehe rein. Wir schreiben noch etwas hin und her und dann schreibe ich Sandy, frage, was sie macht.

„Es tut mir leid, dass Mike gehen musste, er wird uns allen fehlen, aber du hast mich vorher auch nie gefragt, was ich mache, also lass mich nicht dein Lückenbüßer sein. Wir sehen uns morgen in der Schule!", ist ihre Antwort. Recht hat sie ja. Ich habe jede Minute mit Mike verbracht.

Ich lege mich in meinem Zimmer aufs Bett. Starre an die Decke.

„Mo!" ruft Ma als es schon dämmert. „Ja!", rufe ich zurück. „Komm bitte runter, es gibt Abendessen und du hast Besuch!" Ich stehe langsam auf. Einen kurzen Moment habe ich die kindische Idee, es ist Mike, der ab jetzt hier wohnt, weil er in Middleton bleiben will.

Als ich unten ankomme sind es Sandy und Janie, die mir gegenüber stehen. Sie nehmen mich beide in den Arm. Sandy schluchzt „Es tut mir leid mit vorhin, ich weiß du hast es nicht böse gemeint. Du kannst gern mit uns abhängen!"

„Danke, ihr zwei, aber ihr habt schon Recht, vorher gab es auch nur Mike und jetzt muss ich da eben durch!" „Nein!", sagt Janie entschieden „Du musst dich jetzt chic machen, wir holen dich in einer Stunde ab und gehen ins Kino, iss also nicht allzu viel, es gibt Nachos mit Käsedip!", kichert sie und die beiden laufen raus „Tschüß Mrs. Miller!", rufen sie meiner Mutter zu. „Setz dich Mo, du hast nicht viel Zeit.", grinst sie und wir setzen uns an den Tisch. Das Essen tut mir gut, ich habe den ganzen Tag nicht gegessen, bloß dagelegen und Trübsal geblasen.

Ich mache mich schnell zurecht als die zwei auch schon klingeln. Janies Bruder Tom bringt uns hin. „Hey Tommy!", sage ich beim Einsteigen und mir fällt jetzt erst auf, was für ein hübscher junger Mann er geworden ist. Er ist jetzt 18, hat ein richtig breites Kreuz bekommen. „Hey Mo, siehst gut aus. So Ladies, einmal Kino und zurück." Er fährt los. Der Film beginnt um halb acht. Ein Liebesfilm, am Ende sind alle glücklich. Wir auch. Voll gefuttert mit Nachos und Cola, holt uns Tommy wieder am Kino ab. Ich bin gegen halb zehn zu Hause. „Bye, bis morgen und danke fürs mitnehmen!", sage ich zum Abschied. „Das ist doch keine Frage, wir sind Freundinnen, bis morgen!", sagt Sandy und sie fahren ab. Tommy zwinkert mir zu. Ich muss grinsen.

„Na mein Schatz, war es schön?", fragt Ma, als ich im Wohnzimmer stehe. Ich setze mich zu ihr, schmiege mich an sie. „Ja, aber es ist so anders... es ist nicht wie mit Mike.", sage ich und seufze tief. Ma küsst meinen Haaransatz „Weißt du Schatz, manchmal müssen wir uns umgewöhnen im Leben und es kann dann genau so gut sein. Jetzt ist es ungewohnt, aber mit der Zeit wird es normal sein. Das ist das Leben." Ich gebe ihr einen Gutenachtkuss und gehe nach oben.

Im Bad stehe ich vor dem Spiegel. Ist das die neue Moisha? Ein Girly? Schminke, Jungs, Parties? Ich zucke mit den Schultern.

Im Bett kann ich nicht einschlafen. Ich wünsche mir so sehr, das Mike gleich zum Fenster herein kommt. Doch da ist kein Mike, nachts wird da nie mehr jemand durchs Fenster in mein Zimmer kommen. Ich schlafe irgendwann ein. Die Nacht ist unruhig und kurz, als Ma morgens ruft, bin ich total müde und kaputt.

Der Schultag zieht sich wie Kaugummi. Als wir nach der Letzten gehen können, drückt mir Janie einen Zettel in die Hand „Hier, von Tommy. Er lädt nur dich und Sandy ein, ansonsten nur Collegeboys!", sie kichert aufgeregt und geht zum Schulbus. Ich laufe zu meinem Rad. Ich lese im Gehen den Zettel: House-Party mit DJ TomTom Samstag 20 Uhr @ Tom´s!

Ich muss lachen und renne geradewegs in einen mir unbekannten Jungen, der mich auffängt. „Oh, ehm, sorry, tut mir leid, ich hab nicht aufgepasst!" Er schaut mich an und grinst breit. „Ich bin James Jameson, ich glaube du wohnst uns gegenüber!", sagt er.

Es ist Mikes Cousin, ich habe ihn zuletzt gesehen, als wir Kinder waren, dann sind sie nach New York gezogen. Jetzt wohnen sie in Mikes Haus. James müsste 17 sein. „Oh, Hi, ich bin Mo, Moisha Miller", antworte ich. „Ohh, du bist Mikes Moisha, hey, du bist ja wirklich hübsch geworden." Grinst er und zwinkert mir zu. Mein ganzer Bauch kribbelt. „Danke. Seit wann seid ihr da?" „Wir sind heute Morgen angekommen und waren zur Anmeldung hier. Mein letztes High School Jahr. Hey was hältst du davon, wenn du gleich mal zu uns herüber kommst?", fragt er. „Ja, ja gern.", antworte ich etwas zögerlich. „Ich muss dann auch los!", werfe ich noch hinterher und schließe mein Rad auf und fahre los.

Was zum Teufel war das? Es war so, als läge die Welt hinter einem Schleier. Oh man Mo, klar kommen, JETZT!

Ich bin verknallt!

Ich schüttele den Gedanken ab, um nicht in einem Schlagloch zu landen und steige zu Hause leichtfüßig ab, schwebe ins Haus.

„Wow, was ist denn mit dir los?", begrüßt mich Ma erstaunt. „Nichts, wieso?"

Ich setze mich an den Tisch. „"Soso, nichts. Bist du vielleicht einem gewissen Jamie begegnet? Er ist wirklich sehr hübsch geworden", sagt Ma und blickt aus dem Fenster zum Jameson-Haus. Ich laufe rot an. Leugnen bringt nichts, sie merkt es sowieso. „Ja, ehm, ja ist er.", antworte ich und fange an zu essen.

Beim Essen sprechen wir über die Schule. Danach rufe ich Mike an, er hat Basketballtraining, wir verabreden uns für abends am Telefon.

Bevor ich rüber gehe, schaue ich in den Spiegel, richte mein Haar, ziehe den Lidstrich nach. Oh man, wer ist das Mädchen dort im Spiegel, seit wann interessiert mich so sehr, wie ich aussehe.

Ich gehe rüber, klingle an. Es ist komisch. Es wird nicht Kate sein, die die Tür öffnet.

Es öffnet ein Mann, für einen kurzen Augenblick denke ich, es ist Joe, Mikes Dad, doch es ist sein Bruder James, Jimmy.

„Heyyy, Kleine, man sieh dich an, du bist ja ein Juwel. Komm rein, Jamie wartet schon auf dich.", sagt er und drückt mich an sich. Er ist ganz anders als Joe, herzlich und fröhlich. Seine Frau Ruth steht in der Küche. „Hallo, Kleines. James ist oben." Ich gehe hoch ins Kinderzimmer, klopfe an die offen stehende Tür. Jamie sitzt an seinem Schreibtisch. Als ich klopfe, dreht er sich um. „Hey, setz dich doch." Er weist auf ein kleines Sofa. Diese Situation kommt mir unwirklich vor. Bis vor ein paar Tagen standen in diesem Zimmer zwei Stockbetten, man hatte nie Ruhe, dennoch war es mir nie komisch, hier zu sein. Jetzt ist es anders. Da ist etwas in der Luft, in mir.

Ich setze mich auf das Sofa. Jamie setzt sich neben mich. Die Stimmung ist total angespannt. Ob er sich auch so fühlt? Wahrscheinlich nicht. Wahrscheinlich fragt er sich, was mit mir nicht stimmt.

„Was haben du und Mike so gemacht?", fragt er plötzlich. „Ehm, gute Frage, wir haben alles zusammen gemacht. Wir sind Freunde, seit wir Kinder waren. Wir sind Rad gefahren, haben über alles geredet, haben Filme angesehen.", antworte ich und sehe dabei aus dem Fenster. Ich merke, wie sehr Mike mir fehlt, alles war so leicht, so vertraut. „Ah ok, ewige Freundschaft und so. Mh, da kann ich wohl nicht mithalten, aber würde mich freuen, wenn wir mal ins Kino gehen würden oder Eis essen, Kaffee trinken, was immer man hier bei euch mit hübschen Mädchen macht.", sagt er, beugt sich vor und lächelt mich an.

Ich stehe auf, schnell, laufe Richtung Tür.

„Ja, klar, warum nicht, melde dich einfach...", stammle ich und gehe.

Ich laufe schnell die Treppe herunter, reiße die Tür auf, rufe „Bye" und stürme raus. Ich renne den Weg entlang, zur Hütte im Wald, der Pick Up ist noch da, ich setze mich rein und mich überkommt ein Gefühl von Wut und Trauer. Ich trommle gegen das Lenkrad, weine laut. Als ich mich etwas beruhigt habe, schaue ich auf mein Handy. In einer halben Stunde sind Mike und ich verabredet. Ich rufe ihn trotzdem an. Er geht ran. „Mike?", schluchze ich. „Hey, Mo, was ist denn los?", sagt er besorgt. „Ich will nicht, dass du weg bist, ich kann das nicht. Komm einfach zurück." Ich klinge fast hysterisch, schniefe und schluchze. „Ok Mo, hör zu, du hörst jetzt sofort auf zu heulen. Bitte, das macht es nicht einfacher." Er klingt bestimmt, fast sauer.

Ich schlucke. „Ok Mike, bis dann.", sage ich tonlos und lege auf. Das ist also seine Art und Weise, damit umzugehen. Wir reden einfach nicht darüber. Mein Handy klingelt, es ist Mike. Ich gehe nicht ran, schalte es komplett aus und schluchze vor mich hin.

Es ist schon dunkel, als ich nach Hause komme. Ma sieht besorgt aus. „Warum ist denn dein

Handy aus? Ich war schon drüben bei den Jamesons, die sagten du bist vor einiger Zeit wie vom Blitz getroffen gegangen. Jetzt stehst du hier verheult in der Tür. Was ist passiert?", fragt sie, ich nehme sie in den Arm, schluchze los.

Ich erzähle ihr, was passiert ist. „Ma, ich weiß nicht einmal, warum ich auf einmal gehen wollte. Jamie war total nett. Aber irgendwie hat es sich so falsch angefühlt." „Schatz, du musst einfach akzeptieren, dass Mike nicht mehr täglich hier sein wird. Es ist nichts falsch daran, mit anderen zusammen zu sein, sich zu treffen, Spaß zu haben. Das heißt nicht, dass du ihn vergisst. Das Leben geht weiter, Darling." Sie streichelt meinen Arm. „Ja, ihr habt ja Recht. Mike auch, es bringt ja nichts." Ma nickt, dann grinst sie breit „Und Jamie will dich einladen? Klingt ja mehr nach einem Date, als nach Freundschaft oder?" Ich schaue sie mit großen Augen an. „Oh man, echt? Naja, jetzt wo du es sagst." Wir beginnen beide zu kichern. Gegen zehn gehe ich ins Bett und schlafe sofort ein.

Ich wache auf, weil jemand meine Wange streichelt. Ich öffne die Augen, es ist dunkel, vor mir sitzt jemand, ich erschrecke, setze mich auf, bevor ich anfange zu schreien sagt die Person „Hey Mo, Mo, ich bin's Mike, ich hab mir Sorgen gemacht, weil dein Handy aus ist. Ich meinte es doch nicht böse." Er zieht mich in seine Arme. Mike ist hier, mitten in der Nacht. „Bist du wahnsinnig? Wie bist du hier her gekommen?"

„Ich hab um neun so getan als würde ich schlafen gehen, hab mein Bett so hergerichtet, dass es aussieht als läge ich drin und bin über die Feuerleiter runter, mit dem Rad zum Busbahnhof und mit dem letzten Bus hier her. Um halb sechs fährt der erste Bus, den muss ich kriegen, damit ich um sieben, wenn Mum mich weckt, im Bett liege." Er grinst. „Du bist verrückt!", sage ich und drücke ihn an mich. Er legt sich zu mir ins Bett. „Mo, bitte ruf mich nie mehr an, wenn du weinst und schalte dann dein Handy ab. Wir können es nicht ändern, Tränen bringen uns nicht weiter. Wenn du es nicht aushältst, steig´ in den Bus und komm. Du kannst mir sagen, wenn ich dir fehle, aber nicht, dass du es nicht kannst. Weil du musst, weil wir müssen. Es wird leichter, glaub mir.", sagt er und küsst meine Stirn.

„Ich weiß Mike, ich weiß auch nicht was los war. Ich hab einfach Angst, dass wir ein neues Leben beginnen und uns irgendwann nicht mehr brauchen." Ich erzähle ihm die ganze Geschichte, mit Jamie. Er grinst" „Mein Cousin war schon immer in dich verknallt." Mike lacht. „Pssst, Mike. Ma wird wach." Wir müssen beide kichern. Wir reden noch ein wenig, stellen dann einen Wecker und schlafen ein.

Morgens verschwindet Mike durchs Fenster. Er schickt mir eine Nachricht, als er im Bus sitzt

Lass dir bloß nicht einfallen ich komme jetzt jedes Mal, wenn du rumzickst und dein Handy ausschaltest :D War schön dich zu sehen, Bis später mal Ich muss lachen. Ich schlafe noch ein wenig, bis Ma mich weckt.

Ma hat nichts gemerkt, zumindest hat sie nichts gesagt. In der Schule läuft es wie immer. In den Pausen reden wir über die Party, am Samstag. Ab Donnerstag wissen Sandy und Janie genau, was sie anziehen werden, wie sie sich schminken, welche Schuhe, Frisur. Ich habe nicht einmal daran gedacht.
Janie und ich verabreden uns für den Abend, bei mir. Ich bin mir nicht sicher, ob ich das wirklich bin, aber warum nicht mal ausprobieren.
Wir probieren mehrere Sachen. Am Ende sind es die schwarzen Ballerinas, ein schwarzes T-Shirtkleid, in dem ich eine Hammerfigur habe, glitzernde Ohrringe und Lockenstab-Locken. Ich muss zugeben, es ist nicht wirklich das, was ich sonst tue, aber aufregend ist es schon. Janie und ich lachen viel, wir skypen mit Sandy, zeigen ihr alles.
Als ich abends im Bett liege stelle ich fest, dass dies der erste Tag war, an dem ich nicht sehnsüchtig auf mein Fenster gestarrt habe.
Jamie und ich haben kurz vor dem Haus gesprochen, ich habe mich entschuldigt und wir haben uns für Sonntag zum Eis essen verabredet.
Samstagmittag telefoniere ich mit Mike. Er sagt mir zum Abschied, dass er ein Foto sehen will, von GirlyMo, wie er mich nennt, seit er von der

Party weiß und dass ich auf mich aufpassen soll, unter so vielen Collegeboys.

Sandy holt mich um vier ab. Wir schlafen bei Janie, Ma denkt es ist ein Mädchenabend. Ich komm mir komisch vor, weil ich sie anlüge. Ich denke nicht mehr daran.

Wir machen uns fertig, ich schicke Mike das Foto. Er schickt bloß einen Smiley zurück. Kurz bevor die Gäste kommen, gehen wir runter. Tommy gibt uns ein Bier „Ok Girls, ihr seht gut aus. Betrinkt euch nicht!", sagt er und zwinkert uns zu.

Die Party ist laut, die Gäste ziemlich schnell betrunken. Auch Janie. Sandy und ich helfen ihr im Bad. Ich gebe ihr ein Glas Wasser. Sie übergibt sich mehrmals und wir bringen sie ins Bett. Als sie schläft, gehen wir wieder runter.

Die Jungs sind so gut wie alle abgefüllt. „Hey, ich versuch die Meute mal los zu werden.", flüstert Tommy mir ins Ohr. Er wirkt nicht so abgefüllt, wie der Rest. Sandy knutscht auf der Couch mit einem blonden Footballstudenten. Tommy schafft es, die meisten der Gäste los zu werden. Es ist zwei Uhr morgens.

Ich sitze auf dem Sessel, Tom setzt sich auf die Lehne. „Puh, die meisten bin ich losgeworden. Hat es dir gefallen?", fragt er. „Ja... naja... nein." sage ich und wir müssen beide lachen.

Parties dieser Art werden nicht meine neue Wochenendbeschäftigung. „Ja, ich weiß was du

meinst. Ich dachte, Eltern im Urlaub, das wird legendär und dann waren alle nur betrunken. Naja..." Mir ist total warm. Ich stehe auf „Ich geh mal kurz raus.", sage ich zu Tom.
Ich sitze gerade auf der Hollywoodschaukel, da kommt er mir hinterher. Zwei Bier in der Hand. Wir stoßen an. „Du siehst wirklich heiß aus heute, Moisha.", sagt er plötzlich. Dann nimmt er mein Gesicht in beide Hände und küsst mich.
Er streicht mir nach dem Kuss meine Haare aus dem Gesicht. „Tom, das sollten wir nicht tun.", sage ich, stehe auf und gehe hoch.

Janie schläft tief. Sandy kommt aus dem Bad „Puh, was für eine Party. Chad wollte mir an die Wäsche, da hab ich ihn weg geschickt", sagt sie und lacht. Wir lachen beide. Sie legt sich zu Janie ins Bett und ich mich ins Gästebett. Wir reden noch eine Weile. Ich erzähle ihr nicht, was mit Tom war.
Yeah, ich bin erfolgreich zwei Typen in einer Woche weg gelaufen, toll Mo. Ich bin wirklich eine Heldin. Der Kuss mit Tom war der erste meines Lebens. Alles, was man über Küsse so gehört hat, das Kribbeln im Bauch, das es ist, als wenn man die Welt hinter sich lässt... Stimmen nicht. Da war nichts, es war irgendwie komisch, feucht, fast unangenehm.
Wir schlafen irgendwann ein.

Gegen zwölf frühstücken wir zusammen. Janie hat Kopfschmerzen. Sandy, Tom und ich ziehen sie auf.

Als ich gehen will, hält Tom mich auf „Hey, ehm... Mo hör zu. Das gestern Nacht, ich wollte dich nicht bedrängen oder so. Ich dachte du stehst auch auf mich. Naja, wir vergessen es einfach ok?"

Ich weiß nicht, warum, aber ich lächle, beuge mich vor, gebe ihm einen Kuss auf die Wange und gehe. Was muss der bloß jetzt denken? Ich schüttele den Gedanken ab.

Ich öffne die Haustür „Ma? Ich bin zu Hause!"

Ma antwortet nicht, also gehe ich hoch in mein Zimmer. Kurz darauf höre ich die Haustür.

Ich gehe runter. „Hey Ma, ich bin auch gerade...", sage ich, als sie mich unterbricht „Tu das nie, nie wieder Moisha, lüg mich nie wieder an, was hast du dir nur dabei gedacht!?"

Ich habe sie noch nie so sauer gesehen. „Ehm, woher... Ma es tut mir leid.", sage ich, Tränen treten mir in die Augen.

„Mike ist genauso erstaunt wie ich, dass du plötzlich anfängst, zu lügen. Ich habe für vieles Verständnis, aber Lügen toleriere ich nicht. Du hast Hausarrest, im Laufe der nächsten Woche kannst du dir überlegen, ob du dir das nochmal erlauben möchtest."

„Mike hat es dir gesagt?", frage ich erschrocken.

„Mach ihn nicht dafür verantwortlich, ich hab

mit Kate telefoniert, er rief aus dem Hintergrund, ich solle aufpassen, dass du nicht zu aufgebrezelt zur Party gehst. Warum lügst du Mo? Bis vor ein paar Tagen hast du dich nicht mal für Parties interessiert. Was ist los?"

Mittlerweile klingt sie besorgt.

Ich habe einen riesigen Kloß im Hals. Ich fange an zu weinen, Ma nimmt mich in den Arm.

„Es tut mir so leid Ma, ich wollte eben irgendwo dazu gehören, ich hatte Angst allein dazustehen, also habe ich mich auf Janies und Sandys Welt eingelassen. So schlecht fand ich es auch gar nicht. Auf der Party waren außer uns dreien nur Collegeboys, Toms Freunde. Ich wollte nicht lügen, aber du hättest es nie erlaubt." „Vielleicht doch Moisha, weil ich dir vertraut habe und weil ich denke man kann sich auf Tom verlassen." Sie küsst mich auf die Stirn. „Ma, bitte sei mir nicht böse. Es war falsch. Ich wollte es dir auch heute sagen, wirklich."

„Ich bin wirklich sehr enttäuscht, aber irgendwann musste auch mein perfektes Kind mich mal enttäuschen, was? Ich hoffe das war eine einmalige Sache." „Natürlich. Ich sage dann Jamie ab für heute". Als ich mein Handy heraus ziehe sagt sie „Ach, wir verändern den Hausarrest in Wäsche- und Spüldienst." Sie lächelt, ich drücke sie, bedanke mich und gehe nach oben.

Auf meinem Handy sind mehrere Sprachnachrichten von Mike, alle handeln davon, das er sehr enttäuscht ist, dass ich meine Mutter anschwindle und ihm noch nicht einmal Bescheid gebe, dass ich mich melden soll, dass er die alte Mo vermisst...

Ich fange bitterlich an zu weinen, liege im Bett, ziehe mir die Decke über den Kopf. All das, alles was hier passiert, geschieht doch nur, weil er weg ist. Mein bester Freund, ohne den ich keinen Tag sein musste, ist einfach weg und ich muss mir ein neues Leben hier aufbauen und keines, das sich mir anbietet, gefällt mir. Ich will mein altes Leben zurück, ich will Mike zurück.

Mir schwirrt der Kopf vom Weinen, mittlerweile sitze ich im Schneidersitz auf meinem Bett, Tränen tropfen von meinen Wangen und ich starre an die Wand.

Ich sage Jamie ab, schnappe meine Tasche, wasche mein Gesicht und stürme die Treppe herunter. „Ich fahr zu Mike!", rufe ich meiner Ma zu und bevor sie etwas sagen kann, bin ich auf meinem Rad und weg in Richtung Bushaltestelle. Ma ruft mich an, als ich im Bus sitze. „Mo, warum so überstürzt? Ist alles in Ordnung?" „Ja Mummy, der Bus fährt doch nur einmal die Stunde, es war knapp. Ich bin gegen acht zu Hause.", antworte ich ihr tonlos. „Ok Baby, viele Grüße.", sagt sie zögerlich und legt auf.

Die Fahrt ist wie eine lange Trance. Was sage ich ihm, warum ich jetzt komme, was jetzt los ist, was soll es überhaupt bringen? Es wird gar nichts bringen, weil ich ohne ihn wieder zurück fahren werde, ohne ihn in die Schule gehe...

Ich werde weiter nach einem neuen Leben suchen müssen.

Mit dem Rad bin ich in zehn Minuten bei ihm am Haus, es ist später Nachmittag, ich weiß nicht einmal, ob er da ist. Ich klingle an, Kate öffnet und schreit auf „Engelchen, was machst du denn hier? Das ist ja eine Überraschung!" Sie drückt mich fest an sich, ich merke Tränen, einen Klos in meinem Hals.

„Ist Mike da? Ich muss zu ihm!", sage ich leise.

„Ja, er ist oben Süße.", sagt sie und nickt.

Ich renne rauf, die Tränen fließen über mein Gesicht. Ich stoße seine Tür auf, er liegt auf dem Bett und schaut fern, weiß gar nicht wie ihm geschieht. Ich springe einfach auf ihn drauf und weine. „Mo? Wie... warum.... was machst du hier? Warum sagst du nicht, das du kommst?"

Ich kann nicht antworten, er nimmt mich in den Arm, küsst meinen Haaransatz und wir schweigen.

Nach einer Weile hebe ich meinen Kopf und schaue ihn an „Du hast gesagt, ich soll mich in den Bus setzen und zu dir kommen, wenn etwas ist. Weißt du, was das Problem mit der alten Mo ist? Sie hat keine Ahnung, wo sie jetzt hin gehört, sie versucht einen Platz zu finden, aber fühlt sich nirgendwo wohl." Sage ich und schluchze.

Er setzt sich etwas weiter hoch, streichelt meinen Kopf. „Ich weiß Mo und dem alten Mike geht es nicht besser, er heult nur nicht so viel.", sagt er und grinst. „Mike, es ist nicht witzig."

„Moisha, ich bin gerade mal eine Woche fort, es braucht Zeit. Hab ein bisschen Geduld! An den zwei kommenden Wochenenden sehen wir uns doch, wegen den Bällen. Hast du eigentlich schon ein Kleid?", fragt er. „Du hast ja Recht Mike, aber, ach ich weiß auch nicht. Ja habe ich.", sage ich und muss ebenfalls grinsen.

Es gibt nur einen einzigen Menschen, der meine Welt so schnell wieder heilen kann, wenn sie in Scherben liegt. Seine bloße Anwesenheit macht es schon viel besser. Ich setze mich neben ihn aufs Bett, nehme seine Hand. Wir sitzen eine Weile einfach da, halten uns an den Händen und schauen fern.

„Was findest du überhaupt an meinem Cousin?", fragt Mike plötzlich leise. „Wie bitte?", frage ich, weil ich mir nicht sicher bin, ob ich ihn richtig verstanden habe.

„Ach nichts, willst du etwas trinken?" Fragt er, steht dabei auf und verlässt den Raum. „Ja, eine Cola bitte!", rufe ich ihm hinterher und runzle die Stirn. Warum fragt er das jetzt? Was ist denn mit Jamie, weiß er etwas über ihn, was ich wissen sollte? Mir schwirrt direkt wieder der Kopf.

Mike kommt zurück ins Zimmer. Er setzt sich etwas verlegen wieder zu mir und reicht mir eine Dose Cola. Ich trinke einige Schlucke.

„Was ist denn mit Jamie? Stimmt etwas nicht mit ihm?", frage ich dann besorgt. „Nein, nein er ist ein toller Kerl.", sagt er und weicht meinem Blick aus. Ich verstehe sein Problem nicht. Was läuft hier? „Mike, was ist los?", sage ich fordernd, er schaut mich verdutzt an. „Es ist gar nichts Mo, ich bin verwirrt, genau wie du. Ich weiß nicht, wo mir der Kopf steht. Vergiss einfach, was ich gefragt habe. Ist es denn in Ordnung, dass wir zum Ball gehen oder willst du lieber mit ihm zu eurem Ball?", fragt er. „Mike, ich war einmal bei ihm, bei euch im Haus, ich weiß nicht mal, ob ich ihn mag...", antworte ich, er sieht erleichtert aus. „Also gehen wir hin, wie geplant? Das wollte ich nur wissen, sonst nehme ich mir etwas anderes vor.", sagt er kühl.

Seine Worte verletzen mich, aber ich spüre, dass er nicht ehrlich ist. „Mike, was ist wirklich los? Wenn ich es nicht besser wüsste, würde ich sagen, du bist eifersüchtig!", sage ich und fange an zu lachen. Er springt auf, läuft zum Fenster und sagt tonlos „Vielleicht ist es besser, wir vergessen die Ballsache, ich suche mir ein Mädchen, mit dem ich hier zum Ball gehen kann, irgendeine wird noch frei sein und du gehst mit Jamie oder jemand anderem bei euch. Ich gehöre sowieso nicht dorthin."

Fassungslos starre ich seinen Rücken an, meine Augen füllen sich mit Tränen. Das ist zu viel.

Die ganze Zeit habe ich befürchtet, er würde einfach ohne Middleton, ohne die Middleton High, ohne mich neu anfangen wollen. Jetzt ist es so weit. Ich stehe auf, nehme wie mechanisch meine Tasche. Ich schluchze, während ich tief Luft hole.

„Wenn es das ist, was du willst Mike, dann gehe ich jetzt, lebwohl...", sage ich, beim letzten Wort bricht meine Stimme.

Ich renne los, die Treppe herunter, lasse die Türen offen stehen, schnappe mein Rad und fahre wie wild Richtung Busbahnhof. Ich überquere die Straßen ohne hinzusehen, Autos hupen, Tränen strömen über mein Gesicht.

Als ich den Busbahnhof erreiche, fährt der Bus nach Middleton gerade ab, es beginnt zu regnen, ich bleibe einfach stehen, es ist wie im Film.

4

Ich sitze im Wartehäuschen.

Der Regen prasselt auf die Plastikwände.

Mein Kopf ist leer, die Tränen versiegt. Ich blicke ununterbrochen auf mein Handy.

Nichts.

Durch das Unwetter habe ich kein bisschen Empfang. Es fühlt sich an, als würde ich schon Stunden hier sitzen, dabei sind gerade mal zwanzig Minuten vergangen.

Ich ziehe die Knie an, das Wasser schwappt aus den Pfützen hoch und über meine Füße. Ich kann nicht fassen, was aus meinem Leben in dieser kurzen Zeit geworden ist.

Ich blicke auf ein Rinnsal, das in einen Gulli fließt. In etwa so fließt mein Leben, seit Mikes Umzug, an mir vorbei und egal wann und wie ich nach etwas greife, es rinnt mir durch die Finger.

Mir fällt ein, dass mein erster Kuss auch so an mir vorbei zog, wie der Rest meines Lebens.

Ich bin sechzehn, in ein paar Monaten werde ich siebzehn und anstatt all die Dinge zu tun und zu genießen, die das Leben mir bietet, verzweifle ich hier. Ich sollte raus gehen, mich verlieben, mit den Mädels lachen und lästern. Doch ich trauere pausenlos um Mike.

Ich will keinen anderen Menschen, als Mike, er ging weg und er hat mich mitgenommen. Er hat die Stärke neu anzufangen und ich sitze hier und versinke in Selbstmitleid und komme nicht mehr klar.

Warum hat er sich vorhin so verhalten? Zuerst fragt er nach Jamie, dann ob es okay ist, dass wir zum Ball gehen und am Ende wollte er nur umgehen mir zu sagen, dass er nicht mehr mit mir befreundet sein will und lieber mit einer anderen zum Ball möchte.

Das ist doch nicht Mike? Mein Mike.

Plötzlich rinnen wieder Tränen über mein Gesicht.

„Moisha!", höre ich jemanden rufen, der Regen prasselt so laut und ich blicke auf die Uhr.

Noch acht Minuten, ich muss hier einfach weg.

„Mo!", höre ich wieder und plötzlich kommt Mike durch die Klapptür, Regen tropft an ihm herunter.

Ich sehe ihn an wie ein Gespenst, er hockt sich vor mich, nimmt meine Hände. „Mo...", sagt er leise und ich bin mir nicht sicher ob sein Gesicht von Tränen oder vom Regen so nass ist. Er sieht traurig aus, ich habe ihn bisher nur einmal so gesehen, als er gehen musste, im Truck.

„Moisha, bitte, denk niemals, dass ich dich nicht mehr sehen will... aber ich hab einfach gedacht, du brauchst diese Chance um neu anzufangen..."

Ich hole Luft um zu antworten, aber er schüttelt den Kopf „... das war dumm von mir, denn eigentlich hätte ich einfach ehrlich zu dir sein sollen. Mo, ich bin wirklich eifersüchtig, ich will nicht, das du mit Jamie ausgehst, weil ich mit dir

ausgehen möchte. Ich will dich zum Ball beglei-
ten, dir die Tür aufhalten, deine Hand nehmen
und all dieser Kram. Du bist meine beste Freundin, aber du bist auch mehr als das. Ich bin verliebt in dich Mo, schon so lange und ich habe es
immer verschwiegen, weil ich Angst um unsere
Freundschaft hatte. Wir waren immer zusammen
und niemand kam dazwischen, doch jetzt ist
alles so anders und ich kann einfach nicht länger
so tun, als seien wir Geschwister..."
Ich kann überhaupt nicht fassen, was er da gesagt hat, als er mein Gesicht in seine Hände
nimmt und mich küsst.
So wie Tom und doch ganz anders.
In diesem Moment ist alles um uns herum still,
kein Regen, kein Lärm von den Bussen und Autos. Es fühlt sich an, wie eine Ewigkeit.
Ich hätte schwören können, niemals über uns in
dieser Weise nachgedacht zu haben, aber jetzt
bin ich mir nicht mehr sicher. Hatte ich es vielleicht auch nur so hingenommen.
Ach, das ist doch jetzt nicht wichtig.
„Ich begleite dich nach Hause.", sagt er, nimmt
meine Hand und wir gehen gemeinsam zum
Bus. „Es ist sieben Mike, morgen ist Schule.",
sage ich. Auf der einen Seite hätte ich ihn jetzt
gern dabei, auf der anderen Seite brauche ich erst
einmal Zeit um das alles zu verdauen. „Ok... Mo,
es tut mir leid, wenn ich etwas fal...", ich küsse
ihn auf die Lippen bevor er es ausspricht. Dann
steige ich in den Bus.

Mike steht verdattert draußen und ich winke ihm zu, während der Bus los fährt. Er winkt etwas zögerlich zurück. Zugegeben, dass war eigenartig und so ganz und gar nicht wie im Film, aber ich bin gerade nicht in der Lage, ein verliebtes Paar zu sein, nicht heute, dieser Tag war viel zu heftig.

Ich schreibe Mike kurz eine Nachricht, damit er es versteht, erkläre ihm meine Situation, er antwortet *Es ist ok Baby, ich bin froh, dass es endlich raus ist.*

Mein Herz schlägt wie wild.

Baby? Er sagt Baby zu mir?

Wir haben uns geküsst, er hat mir gesagt, dass er verliebt in mich ist, ich weiß gerade gar nicht, was ich fühle.

Einerseits fühlt es sich an, als sei etwas, dass lange in mir brannte und ich nicht einzuordnen wusste, endlich erloschen und ein Gefühl der Zufriedenheit stellt sich ein. Andererseits macht die Tatsache, dass wir jetzt quasi ein Paar sind, die Sache mit seinem neuen Wohnort noch viel komplizierter. Mein Kopf rast, ich bekomme Kopfweh. Die Fahrt dauert ewig, Mike schreibt zwischendurch. Belanglose Dinge. Was er gerade tut, dass die Sendung im Fernsehen langweilig ist, dass ihm gerade eingefallen ist, dass er noch einen Aufsatz für die Schule morgen schreiben muss.

Wir verabreden uns zum Telefonieren, wenn ich zu Hause bin.

Gegen acht treffe ich zu Hause ein.

„Ma!", rufe ich beim rein kommen. „Hey Sweetie, hast du Lust eine Pizza zu bestellen und einen Film anzusehen? Grease läuft gleich!", ruft sie zurück und kommt grinsend aus dem Wohnzimmer. Sie drückt mir einen Kuss auf die Stirn.

„Klar, das klingt toll Ma, ich ziehe mich schnell aus.", sage ich und gehe nach oben.

Im Zimmer schicke ich Mike eine Sprachnachricht, dass ich mit Ma den Film ansehe und mich später melde. Er antwortet *OK :-**.

Mein Herz schlägt bis zum Hals.

Ma und ich können jeden Song mitsingen, die Pizza kommt gegen neun. Wir lachen viel, heulen bei „Hoplessly devoted" um die Wette. Um kurz nach zehn sage ich gute Nacht und gehe hoch. Ich brauche nicht lange im Bad. Als ich im Bett liege rufe ich Mike an.

„Hey Baby.", meldet er sich, ich grinse.

„Hey, das ist so komisch, wenn du Baby sagst.", sage ich, leise. „Wieso komisch? Eher schön komisch oder eher blöd komisch?", sagt er und lacht. „Eher schön komisch...", antworte ich. Wir reden noch eine Weile und sagen dann gute Nacht.

Ich schlafe schnell ein.

„Moooooisha!", blökt Sandy mir ins Ohr. „Ja, was denn?", antworte ich zögerlich. Wir sitzen beim Mittagessen in der Schule. „Wo bist du heute mit deinen Gedanken? Ich hab dir gerade erzählt, dass Chad mir geschrieben hat, der von der Party" „Oh, ach so, cool...", antworte ich, nicht sicher, ob ich es wirklich gut finde.

Ich sage nichts von mir und Mike, wie sollte ich. Hey Girls, Mike und ich haben gestern spontan festgestellt, dass wir verliebt sind und sind jetzt zusammen!? Sie würden nur tausend Fragen stellen, welche ich mir selbst nicht beantworten könnte.

„Cool? Das ist der Wahnsinn, er ist Student und so was von heiß... und wie er küsst!", schwärmt sie. Ich lasse mich von ihrer guten Laune mitziehen und wir lachen und albern herum.

Nach der Schule, als ich gerade auf mein Rad steige, hält Janie mich auf. „Hey Mo, sollen wir noch zum Coffee Shop? Bei mir zu Hause ist eh niemand und Sandy trifft sich dort mit Chad!" Sie zwinkert und beginnt zu kichern. Ma ist sowieso noch auf der Arbeit, es ist bestimmt witzig. „Ok, aber wir sollten sie nicht blamieren, Janie", sage ich. „Klar, wir halten uns zurück. Sagt sie und zwinkert.

Wir laufen zum Coffee Shop, ich schiebe mein Rad. Unterwegs quatschen wir über unsere Outfits für den Ball und über unsere Begleitung. „Ok, pass auf, ich sag es dir jetzt. Weißt du noch, als Mike noch da war? Du hast sicher auch gemerkt, dass er nervös war, wenn er in meiner Nähe war oder?" Ich nicke. „Das lag nicht daran, dass er verknallt in mich war oder so, eher daran, dass ich wusste in wen er verknallt war. Ich hab ihn nämlich geküsst und er hat abgeblockt, den Abend als wir alle im Diner waren. Ich war enttäuscht und habe ihm gesagt, ich erzähle jedem, er hat mich angegrabscht. Ich weiß, total blöd... es tut mir auch total leid. Naja, daraufhin hat er mir gesagt, warum er nichts von mir will..." Ich sehe sie erwartungsvoll an.

„Warum erzählst du mir das jetzt? Was habe ich damit zu tun?", frage ich scheinheilig.

„Mo, er liebt dich. Hat er schon immer. Warum begreifst du das nicht?" Ich grinse, kann es mir nicht verkneifen. „Ich weiß.", antworte ich und betrete den Coffee Shop, sodass sie sich ruhig verhalten muss.

Wir setzen uns an einen Tisch hinter einem Pfeiler, von dort aus sehen wir Chad, Sandy ist noch nicht zu sehen.

„Bitte was? Mo? Er hat es dir gesagt?" Ich nicke, lächle. „Ja, wir sind seit gestern zusammen."

Janie quietscht, indem kommt Sandy rein und ich halte ihr den Mund zu. „Pssst, Jane, pssst, da ist Sandy!", flüstere ich.

Wir beobachten die beiden ein wenig. Sie unterhalten sich, er holt beiden Kaffee, gibt ihr einen Kuss, es passiert nichts Spektakuläres und wir fangen an, uns zu unterhalten.

„Mo, wie kam es denn jetzt dazu? Endlich, wir haben immer alle gesagt, wann schnallen die beiden es?" Sie lacht, ich muss mit lachen. „Ach Janie, es war so verwirrend, er war weg und ich kam hier ja kaum klar. Ich meine, ich bin froh, dass ich euch habe, wirklich, aber Mike und ich waren einfach immer zusammen und jetzt wo er weg war, habe ich einmal mehr gemerkt, wie wichtig er mir ist und ihm ging es auch so. Ich habe diese Gefühle wohl unterdrückt und er einfach geschwiegen." „Ja. Das glaube ich auch. Ich freu mich so für euch!" Sie schlingt die Arme um mich, knallt dabei die Tasse vom Tisch und das gesamte Lokal blickt uns an. Auch Chad, von Sandy ist nichts zu sehen. Wir räumen die Scherben auf und stürmen aus dem Laden. Völlig außer Atem, bleiben wir an der nächsten Ecke stehen und lachen uns schlapp.

„Puh, das war knapp! Sie war bestimmt auf der Toilette oder so...", schnaube ich, Janie nickt nur. „Wollen wir noch zu dir oder so? Mein Dad ist jetzt zu Hause, hab keinen Bock dahin.", sagt sie und blickt mir bittend in die Augen. „Ja klar, Ma kommt erst gegen halb Zehn, sie hat Spätdienst." Wir holen mein Bike aus dem Gebüsch, da hatten wir es abgelegt, damit Sandy es nicht sieht. Bis zu mir ist es ein ganzes Stück zu Fuß. Wir reden über den Ball, über Mike und mich. Janie wird mit Jamal gehen.

Wir setzen uns ins Wohnzimmer, schalten den Fernseher ein.

„Glaubst du, dass ihr miteinander schlafen werdet, nach dem Ball?", fragt Janie mich. Ich erröte. „Ehm, darüber habe ich nicht nachgedacht. Also ich meine... keine Ahnung Jane, wie kommst du darauf?", sage ich, halb empört, halb verlegen. „Ach Mo, ok, du bist bestimmt noch Jungfrau richtig?", fragt sie, ich sehe sie entsetzt an. „Du... du etwa nicht?", frage ich sie und versuche in Gedanken durch zu gehen, wer in Frage käme. „Nein Mo, schon seit ich 14 bin nicht mehr. Ich wollte halt wissen, wie es ist, weißt du? Kannst du dich an Rob erinnern?" Ich kreische auf. „Er ist dein Cousin!" „Nein, nicht wirklich Mo, mein Onkel hat meine Tante geheiratet, nachdem Rob auf der Welt war, Rob und ich sind nicht blutsverwandt. Wir haben es an Thanksgiving getan." Mir fällt es schwer, diese Unterhaltung zu führen.

„Jane, bist du dir sicher, dass es richtig war?" „Ja, wieso nicht? Es tat etwas weh, aber es war ok. Seitdem hatte ich noch was mit anderen. Du kennst doch Frank aus der Oberstufe und seinen Freund Colin?" „Du verarscht mich!", rufe ich und springe auf. „Nee, wieso Mo? Was ist denn dabei?" „Ich dachte immer, Sandy wäre so drauf!", sage ich atemlos. „Ach die kleine Maus, die steht auf die großen Jungs, ja, aber sie ist wie du, sie wartet auf den Richtigen. Ich glaube so etwas gibt es nicht. Meine Mum sagt immer, man sollte am besten Single bleiben, Männer sind nur fürs Bett gut. Dad trinkt mittlerweile täglich, Mum erträgt es, sie macht eh nichts. Tommy geht vielleicht nach San Francisco, ich möchte nach LA aufs College, weit weg von denen hier.", sagt sie.

Sie sieht traurig aus, ich nehme sie in den Arm, erst will sie sich mir entziehen, dann beginnt sie zu schluchzen. „Mo, sei froh, dass du so eine tolle Ma hast, meine Familie spinnt und ich hasse sie alle.", sagt sie und weint.

Oh man, warum passieren in letzter Zeit so viele Dinge und so schnell und unerwartet. Ich setze mich neben sie, wische ihre Tränen ab.

„Janie, du kannst dich nicht so unter Wert verkaufen und mit all diesen Typen ins Bett steigen. Du solltest besser auf dich Acht geben. Ich weiß nicht, wie deine Eltern sind, aber das wirst du auch nicht ändern, indem du dich selbst unglücklich machst. Mensch Jane, sei nicht so zu dir selbst!"

Ihre ganze Coolness von eben weicht, sie weint an meiner Schulter. Einen kurzen Moment dachte ich wirklich, sie denkt es sei obercool, so zu sein, aber jetzt weiß ich, sie will es nicht.

„Ich war nie in etwas gut, Moisha, mein Dad hat immer geflucht, gesagt ich tauge nichts. Tom war immer sein Liebling. Tom kann dies, Tom wird das. Meine Mum denkt ebenfalls so. Ein Unfall war ich, sagt sie, sie waren betrunken und haben nicht aufgepasst, sie wollten nur ein Kind. Ich war immer unerwünscht. Diese Jungs mochten mich, strichen mir durchs Haar, sie sagten mir alle, wie toll es mit mir wäre. Ich habe es genossen. Das ist es, was ich kann, Frau sein, gut aussehen. Ich will Schauspielerin werden, aber meine Noten werden niemals ausreichen dafür...

Was bleibt mir also, außer Jungs. Vielleicht heiratet mich mal einer und ich bekomme seine Kinder und bin versorgt." Ich weine mit ihr.

Wie grausam, dass ein Mensch so von sich denkt. Jane war immer unser Modepüppchen, genau wie Sandy. Dass bei ihnen der Haussegen schief hing, wussten wir, aber nicht wie sehr.

Ich war einfach viel zu sehr mit Mike beschäftigt, sodass vieles an mir vorbei ging. Ich musste jetzt für sie da sein. „Was ist mit Jamal?", frage ich sie, nicht sicher, ob ich die Antwort hören möchte.

„Da war nichts, außer ein Kuss bisher Mo, ich schwöre! Ich glaube er mag mich wirklich und ich mag ihn ja auch, aber ich weiß nicht, was ich tun soll, um es ihm zu zeigen, ohne dass ich ihn, naja, verführe.", sagt sie verzweifelt.

Ach du Scheiße. Ich wusste nicht, wie verfahren die Situation war, jetzt sollte ich ihr Tipps geben. Ich, die nie einen Freund hatte und gerade seit einem Tag mit ihrem Freund zusammen ist, mit dem dieses ganze kennen lernen einfach flach fällt. Oh je, was sage ich nur.

„Du musst einfach nett zu ihm sein, aufmerksam. Schreib ihm doch mal eine Nachricht. Verabredet euch an neutralen Orten, sodass dort andere Menschen sind, damit ihr nicht zu weit geht. Aber Jamal ist eh nicht so, oder?" Janie grinst. „Ich glaube, er ist Jungfrau. Allein deshalb darf ich es nicht versauen.", antwortet sie.

Ihre Augen leuchten, wenn sie an ihn denkt. „Du bist verliebt Jane!", rufe ich aus, reiße sie hoch und tanze mit ihr durch den Raum.

„Wir sind verliebt!", singe ich und sie stimmt ein und wir lachen.

Als ihr Handy vibriert, hören wir auf. Eine Nachricht von Jamal. Er fragt sie, ob sie am Freitag ins Kino gehen wollen. Sie antwortet, dass sie das sehr gerne möchte.

„Hey Mo, Samstag ist ja der Ball, kann Mike nicht schon Freitag kommen? Dann kommt ihr einfach mit ins Kino!?", sagt sie überschwänglich. Ich finde die Idee gar nicht so schlecht. „Ich werde ihn fragen, ok? Apropos, ich rufe ihn jetzt gleich an, es ist schon nach acht. Ist es ok, wenn ich dich bitte jetzt zu gehen?", sage ich und bin unsicher, sie sieht mich schmerzlich an.

„Ja, ich muss ja irgendwann gehen, drum herum komme ich ja nicht. Ich frag Tom, ob er mich holt.", sagt sie und ruft Tom direkt an.

Er holt sie zehn Minuten später ab. Ich umarme sie zum Abschied. „Danke, Mo, fürs zuhören, das tat wirklich gut.", sagt sie. Ich nicke nur.

Nachdem ich die Tür geschlossen habe, rufe ich Mike an. Er hebt direkt ab. „Hi Baby.", sagt er und ich werde rot. „Hi, wie war dein Tag?", frage ich sofort. „Och, ziemlich stressig, sollen wir skypen? Ich möchte dich sehen.", sagt er und mein Herz hüpft.

Wir werfen den PC an, legen auf und rufen auf Skype an. Mike lächelt.

„Ich hab dich vermisst. Ich hab dich immer vermisst, Mo, selbst wenn du nur ein Haus weiter warst oder in der Pause einen Stuhl weiter gesessen hast." Ich sauge seine Worte auf, wie ein Schwamm.

Ich habe mir mit 13 mal ausgemalt, wie es wäre, wenn wir zusammen wären, aber ich habe es weg geschoben, wir sind Geschwister gewesen, naja, wie Geschwister.

„Mike, du fehlst mir und ich liebe dich." Höre ich mich sagen, ohne vorher zu denken. Ach du Scheiße. Habe ich das gerade wirklich gesagt?

„Ich dich auch, Moisha, ich kann dir kaum sagen, wie glücklich mich das macht. Ich wäre so gern bei dir." „Kommst du Freitag? Wir könnten mit Janie und Jamal ins Kino. Janie weiß von uns, ich hoffe das ist in Ordnung?" Ich stelle erst jetzt fest, dass ich mich nicht mehr gefragt habe, ob ich es erzählen sollte.

Er kommt näher an den Bildschirm „Hast du mich gerade gefragt, ob es ok ist? Baby, von mir aus können wir Plakate aufhängen, ich würde es am liebsten in die Welt hinaus schreien!", sagt er und lacht. Mein Herz macht wieder einen Sprung. WOW!

„Ok. Also Kino mit den beiden?" „Ja klar, warum nicht. Ich könnte auch schon Donnerstag kommen, am Freitag ist meine Schule geschlossen. Die Lehrer haben irgendetwas." Ich nicke.

„Ja gerne, ich muss zwar Freitag zur Schule, aber wir haben nur zwei Stunden Unterricht und danach wird aufgebaut, da kannst du helfen, wenn du magst!", schlage ich ihm vor. „Ja klar, super, dann komme ich Donnerstagabend. Ich freue mich so auf Middleton, am meisten natürlich auf dich." Er zwinkert.

Wir reden noch eine Weile, bis ich die Haustür höre. Als wir uns verabschieden, klopft Ma, ich bitte sie rein und sie sagt Mike kurz Hallo, segnet den Donnerstag ab. Wir legen auf.

Ich habe Ma noch nichts von Mike und mir gesagt. Als wir unten am Tisch sitzen, mit einem Tee und den Tag planen, fasse ich meinen Mut zusammen. „Ma, ich muss dir noch etwas sagen, es geht um Mike und mich..."

„Mo, ich kann es mir denken und ich möchte dir etwas dazu sagen. Ich hab immer geahnt, dass es so kommen wird und nun will ich, dass du weißt, dass ich dir vertraue und auch Mike und das ihr nichts tut, was ihr nicht auch verantworten könnt.", sagt sie. Ich runzle die Stirn.

„Ehm, du weißt, dass wir zusammen sind?"

Sie lacht. „Schatz, ich hab gesehen, wie er dich angesehen hat, die letzten Monate, ach eigentlich, seitdem ihr keine Kinder mehr seid. Aber ich will nicht, dass ihr Dinge tut, die ihr bereuen werdet. Am besten nicht vor eurer Hochzeit." Sie sieht mich ernst an und ich werde knallrot. „Ma! Woran du denkst!" „Prinzessin, ich war selbst mal sechzehn. Ich war vorher mit einem Robbie zusammen und konnte mir nicht vorstellen, dass da mehr sein könnte als knutschen. Dann kam dein Dad..." Ihre Augen werden feucht.

Ich mag Geschichten über Dad, ihren Gesichtsausdruck, wenn sie von ihm erzählt, so sieht Liebe aus für mich, aber will ich hören, wann sie, wo zum ersten Mal Sex hatten? Um Himmels Willen, NEIN! „Ma, keine Details ja?" Sie grinst. „Nein Schatz, ich wollte nur sagen, wenn man wirklich so füreinander empfindet, dann will man auf einmal Dinge, die man vorher noch viel zu früh fand. Ich hoffe, ihr sichert euch da ab."

Ich liebe es, mit Ma zu reden, aber ich hasse dieses Gespräch. „Klar Ma, keine Panik!", sage ich nur und stehe auf, um die Tasse in die Spülmaschine zu räumen. Dann sage ich gute Nacht und gehe ins Bett.

Im Bett kreisen meine Gedanken um dieses Thema. Was, wenn es uns wirklich schon bald überkommt. Vielleicht sollte ich mir eine Pille verschreiben lassen. Oder Kondome besorgen? Oh man Mo, ich sollte schlafen, sonst nichts. Ich drehe mich um und brauche lange, bis ich einschlafe.

Die Woche vergeht schnell und bald ist es Donnerstag.

Ich schwebe den ganzen Tag durch die Schule, bekomme kaum mit, was besprochen wird. In der letzten Stunde planen wir, wer wo morgen eingesetzt wird, zum Aufbau.

Ich sage, dass Mike da sein wird, alle freuen sich auf ihn. Er wird mit den Jungs zum Aufbau der Bühne, Tische und Stühle eingeteilt.

Morgen werden alle erfahren, dass wir ein Paar sind. Bisher wissen es nur wenige. Janie, weil ich es ihr erzählt habe und Sandy habe ich es am Dienstag erzählt, als sie uns von Chad erzählte. Es war urkomisch ihr nicht zu sagen, dass wir das meiste mitbekommen haben.

Sandy war total überrascht, von der Nachricht, dass Mike und ich nun mehr sind, als Freunde. „Ich dachte immer, der Kerl steht total auf Jane!", sagte sie dazu. Ich mache mir da keine weiteren Gedanken zu, ich dachte auch, ich stehe auf Aaron, obwohl mir im Nachhinein klar ist, dass es immer Mike war.

Als ich nach Hause komme, ist es kurz vor drei. Ma ist noch arbeiten.

Ich gehe in mein Zimmer und mache Hausaufgaben, damit ich jede Minute mit Mike verbringen kann. Gegen fünf bin ich fertig. Ich räume alles weg und gehe mich im Bad frisch machen. Gegen halb sechs mache ich mich auf den Weg zur Bushaltestelle. Mikes Bus wird um viertel vor sechs ankommen.

Ich sitze im Wartehäuschen, als mein Handy vibriert. Es ist eine Nachricht von Janie *Mo, bitte ich brauch´ deine Hilfe. Kannst du zu uns kommen?* Ich antworte ihr nur kurz *Hole Mike ab, was ist denn?* Sie antwortet nicht.

Da fährt der Bus ein. Mein Herz macht Hüpfer vor Freude. Mike steigt mit einer Reisetasche aus, kommt auf mich zu, lässt die Tasche fallen und wirbelt mich durch die Luft. „Hi Baby!", flüstert er, bevor er mich küsst.

Als wir uns voneinander lösen, blickt er mir in die Augen. „Du siehst besorgt aus Babe, ist was passiert?" Ich nehme seine Hand und während wir laufen erzähle ich ihm, was Janie geschrieben hat. „Dann lass uns kurz nachsehen, was los ist.", sagt Mike und wir schlagen den Weg Richtung Janies Haus ein.

Als wir klingeln, öffnet niemand die Tür. Ich rufe Janie an, höre ihr Handy auch schellen. Beim dritten Versuch geht sie ran. „Ist schon ok Mo, Dad ist wieder ausgerastet und ich dachte, wenn jemand klingelt, hört er auf. Es hat aber schon jemand geklingelt. Jamal kam vorbei, es ist alles gut, trotzdem Danke.", sagt sie „Ok Jane, dann bis morgen!", sage ich, sie bittet mich noch, Mike von ihr zu grüßen und wir legen auf. Jetzt ist Jamal bei ihr. Nicht, dass sie den gleichen Fehler macht, wie bei den anderen. Hoffentlich nicht.

Mike und ich laufen nach Hause. Wir bringen seine Sachen in mein Zimmer, er legt sich aufs Bett und ich lege mich zu ihm. Es ist so vertraut, wie immer und doch ganz anders.

„Können wir kurz rüber zu meinem Onkel?", fragt Mike. „Klar, los lass uns rüber!"

Wir gehen Hand in Hand, ins neue, alte Jameson-Haus. Ruth begrüßt uns überschwänglich.

Wir setzen uns kurz, es gab gerade Abendessen, sie bietet uns alles Mögliche an.

Jimmy begrüßt uns kurz. Jamie holt sich etwas zu trinken, begrüßt uns und sagt zu mir „Hey Kleine, du hast dir den falschen Cousin an Land gezogen!", dann lacht er laut und geht hoch.

Ich weiß gar nicht, was ich an ihm fand, eigentlich ist er ein selbstgefälliger Arsch, auch wenn er ganz gut aussieht und einem Mädchen wirklich schmeicheln kann.

„Ihr zwei seid jetzt also ein richtiges Paar?", fragt Ruth neugierig. Wir nicken, Mike sieht mich liebevoll an. Ich werde rot. Ruth schüttelt lächelnd den Kopf. „Ach, jung müsste man sein!", seufzt sie.

Dann verabschieden wir uns wieder.

Ma kommt erst gegen halb zehn nach Hause. Mittlerweile ist es halb acht.

Wir backen uns eine Pizza auf und setzen uns unten auf die Couch, schauen einen Film. Wir bekommen wenig von dem Film mit, knutschen und streicheln uns, perfekt jugendfrei natürlich, doch mir kommt wieder der Gedanke, den Janie hatte. Werden wir schon bald weiter gehen? Ich muss an Mas Worte denken. „Was ist los? Ist alles okay Honey?", fragt Mike. Ich nicke. Dann setze ich mich auf. „Nein, ist es nicht.", sage ich mit einem unsicheren Lächeln. „Ich hatte mit Ma eines dieser „denkt an die Verhütung" Gespräche... und jetzt muss ich natürlich darüber nachdenken, wie schnell wir soweit kommen, dass wir diese Gespräche, bzw. die Verhütung brauchen!", sage ich, sehe ihn fragend an.

Zum ersten Mal komme ich mir blöd vor, Mike auf etwas anzusprechen. Er streicht mir die Haare aus dem Gesicht. „Baby, wir tun nichts, von dem wir nicht beide überzeugt sind, dass wir es wollen.", sagt er. „Das weiß ich Mike, darum geht es nicht. Es geht einfach um die Tatsache, wie anders unsere Beziehung jetzt ist, ich hab Angst, dass es komplizierter wird." Er nickt.

„Ich denke auch daran, alles ist anders, neu. Aber ich freue mich auf jede Minute davon, auf jeden Tag, jede Erfahrung mit dir.", sagt er und küsst mich... und ich weiß ganz genau, wovon Ma gesprochen hat.

Plötzlich hast du Gefühle in dir, die du nicht kanntest und du willst einem Menschen so nah sein, wie nur möglich.

„Ich muss zum Klo.", sage ich und renne fast.

Oh man, dass darf doch nicht wahr sein. Hallo! MO!! Ich bin sechzehn, ja... ich bin verliebt, wir kennen uns ewig, ich vertraue keinem Menschen mehr als ihm... aber trotzdem. Vor zwei Wochen war er einfach nur mein bester Freund, der gegenüber gewohnt hat und jetzt will ich Sex mit ihm. Pah, wie das klingt, wie in einem der Teeniefilme. Ich ziehe ab. Dabei beschließe ich, ganz ehrlich und offen zu ihm zu sein, ansonsten wird es nur kompliziert und missverständlich.

Ich laufe auf das Sofa zu. Mike ist eingeschlafen, da kommt Ma durch die Tür.

„Hey ihr zwei, ich bin so froh, euch angezogen vorzufinden!", flötet sie und lacht.

Mike schreckt hoch, ich blicke verwirrt vom einem zum anderen und falle mit in ihr Lachen ein. „Was ist los mit euch Ladies? Warum lacht ihr so?!", ruft Mike in unser Lachen. Meine Ma nimmt ihn in den Arm „Nichts mein Junge, willkommen zu Hause.", prustet sie. Er nimmt sie in den Arm.

„So ihr zwei, ich denke wir schauen noch etwas zusammen, oder?", fragt sie und holt Schokolade und Popcorn aus der Küche. „Ok, was denn?", fragt Mike, ich setze mich einfach neben ihn, lehne meinen Kopf an seine Schulter, er küsst meinen Scheitel. „Hm, es ist zwar noch lange nicht Weihnachten, aber ich wäre für Kevin – Allein in New York", schlägt Ma vor.

Während des Films schwärmt sie, wie immer, von New York. Sie war mit Dad da, zur Weihnachtszeit und es war das schönste, was sie gesehen hat, sagt sie.

„Mo, wenn du einmal, vielleicht mit Mike, an diesem Baum in NYC stehst, zur Weihnachtszeit, dann hoffe ich, dass deine Augen so leuchten wie Mori´s Augen es getan haben. Er war so überglücklich, da in New York. - Lass uns ein Kind machen, Kisha, ein Mädchen, so wunderschön wie du und wir nennen sie Moisha, die perfekte Mischung aus Moritz und Lakisha. Unser perfektes, kleines Mädchen - sagte er an diesem Baum. Zehn Monate später warst du da. Er hat es die ganze Zeit gewusst. Was ist, wenn es ein Junge wird, Mori? Habe ich ihn gefragt. - Sie wird unser perfektes Mädchen, warte ab Kisha - hat er gesagt. Als er dich im Arm hatte, nur da haben seine Augen mehr geleuchtet, als an diesem Baum."

Sie wischt sich die Tränen aus den Augen. Mike wischt durch mein Gesicht und über seine Augen, wie gebannt starren wir sie an.

„Hey, es ist alles gut, ich erinnere mich gerne an solche Momente, sie bringen ihn irgendwie zurück, für einen Augenblick...", schluchzt sie und lächelt. Ich umarme sie.

Meine starke Ma, die immer so kämpft für uns. Was musste sie alles erleiden. Ich vermisse Dad, sie erinnert sich gern an ihn, mir tut es weh, wenn wir von ihm reden. In diesem Punkt sind wir so verschieden.

„So, ab ins Bett, morgen ist Schule junge Dame. Ich möchte euch nicht die ganze Nacht lachen hören! Und auch nichts anderes!"

„Ma!!", rufe ich und laufe rot an. Sie lacht. Mike lacht. Ich muss auch lachen.

Wir reden noch lange. Mike krabbelt zu mir unter die Decke. Ich rede von Dad. Er streichelt meinen Kopf, reicht mir Taschentücher. Irgendwann schlafen wir ein.

Die zwei Schulstunden gehen schnell um, dann kommt Mike über den Parkplatz. Was soll es, jetzt noch etwas zu verbergen. Ich laufe auf ihn zu und küsse ihn, vor allen anderen.

Er lächelt mich an, küsst mich erneut. Manche schauen uns mit offenem Mund an, fangen an zu tuscheln.

Wir laufen Hand in Hand zur Turnhalle.

Der Aufbau dauert fast drei Stunden, wir lachen viel, sind alle ein gutes Team.

Sandy ist sauer auf Chad, da er nicht mitkommen will. Er hat auf den „Kindergarten" keine Lust. Sie ist wirklich wütend, enttäuscht und traurig, das merkt man ihr an.

Janie hört nicht auf zu grinsen. Ich frage sie, als wir allein ein paar Decken über die Tische legen, ob etwas passiert ist, als Jamal bei ihr war.

„Nein, Mo, ich hab mich so zurückgehalten. Er hat mich geküsst und meinen Rücken gekrault und ich habe es einfach genossen. Ich freue mich auf nachher.", schwärmt sie und ihre Augen strahlen.

Ich muss sie umarmen, so glücklich bin ich, dass sie meinen Rat befolgt hat. Wir tänzeln durch den Raum, sie zwinkert Jamal zu, er zieht sie zu sich heran und küsst sie. Ich sehe zu Mike, der einige Meter weg steht. Er zwinkert und hält weiter die Leiter, auf der Aaron steht.

Der Abend im Kino läuft ab, wie im Film. Wir sitzen in Loveseats, küssen uns, essen Popcorn, trinken Cola, gehen lachend, Hand in Hand aus dem Kino.

Jamal bringt Janie nach Hause, Mike und ich sind mit den Rädern hier. Mike sieht auf Mas Rad witzig aus. Ich necke ihn und wir lachen so sehr, dass wir stehen bleiben müssen. Wir schieben ein Stück, dann steigen wir wieder auf.

Als wir fast zu Hause sind, biege ich in den Feldweg ab und fahre zur Hütte.

„Hey, mein Dad hat den Schlüssel in Boise, wir können da nicht rein.", sagt Mike, als wir vor der Hütte stehen. Ich habe vor ein paar Tagen schon eine Decke und etwas zu trinken im Truck deponiert. Ma ist nicht zu Hause, sie kommt erst gegen Mitternacht. Ich lächle Mike an. „Warts ab!", sage ich geheimnisvoll und gehe um die Hütte herum.

In der Regenrinne liegt ein Ersatzschlüssel. Ich habe gesehen, wie Mr. Jameson ihn dort versteckt hat. „Woher weißt du, dass dort ein Schlüssel liegt?", fragt Mike mich. Ich zwinkere ihm zu „Hab deinen Dad ihn dahin legen sehen!" Wir gehen rein und setzen uns in den Truck, hüllen uns in die Decke. Es dauert nicht lange, da knutschen wir wild herum, ich zerre an Mikes T-Shirt, er an meinem. Wir berühren uns, streicheln einander, küssen den Hals des anderen... bis mein Handy schellt. Es ist Ma und es ist bereits halb eins in der Nacht. Ich gehe ran. „Ma? Wir kommen, wir waren noch mit Janie und Jamal unterwegs.", sage ich. Ich lege gleich auf.

Mike sieht mich erschrocken an „Was? Was sollte ich ihr sagen, wir liegen halb nackt im Truck und hättest du nicht angerufen, hätten wir es wahrscheinlich ohne Verhütungsmittel getan?", sage ich. Er fängt an zu lachen und greift in seine Jeanstasche.

„Hätten wir nicht!", sagt er und wedelt mit einer Kondompackung. Jetzt schaue ich ihn erschrocken an. Hat er sowas geplant? Er küsst mich, beginnt sich anzuziehen. „Baby, ich plane nicht, über dich her zu fallen, ich will nur im Falle dessen vorbeireitet sein.", sagt er, als würde er meine Gedanken lesen.

Wie verantwortungsbewusst er ist, hätte Ma nicht angerufen, hätte ich nicht darüber nachgedacht, ob wir etwas da haben oder nicht. „Scheint ja auch so, als hätte Mylady etwas geplant. Die Entführung in den Wald, die Decke." Wir müssen beide lachen.

„Ma? Ich muss dir was sagen. Ich habe dir nicht die Wahrheit gesagt, wir waren nicht mehr mit Jamal und Jane unterwegs. Ich hatte nur Angst vor deiner Reaktion. Es tut mir leid.", sage ich, sobald wir in die Küche treten.

„Mo... Moisha, wie oft noch? Sag mir alles und lüge mich nicht an! Was ist passiert?", sagt sie enttäuscht. „Es tut mir leid Ma, bitte, ich tu es wirklich nie wieder!", sage ich und umarme sie. Sie streichelt meinen Rücken. „Ok Mo, ist denn nun was passiert?" „Nein, und wenn, dann haben wir die hier, Kisha!", sagt Mike und hält ihr die Kondome hin. Ich würde am liebsten im Erdboden versinken. Mike lacht, Ma ist geschockt.

Sie drückt mich an sich. Mike verstummt, als er ihre Reaktion bemerkt. „Tut mir leid, Lakisha, ich dachte wir können da ganz locker...", sagt Mike kleinlaut und verstummt. Ma seufzt tief. „Naja, lieber ihr habt die Dinger und benutzt sie, als dass wir Überraschungen erleben."

Als wir oben im Bett liegen, schauen wir beide die Decke an. „Wenn Ma nicht angerufen hätte, wäre es wirklich passiert...", sage ich auf einmal, mehr zu mir selbst. „Macht dir das Angst, Mo?", fragt Mike, ohne mich anzusehen.

„Nein, Angst macht es mir nicht. Eher ein Kribbeln im Bauch.", antworte ich und drehe den Kopf zu ihm. Er lächelt mich an. „Aber wenn man bedenkt, wie schnell sich ein Leben ändern kann. Vor drei Wochen, waren wir einfach wie Geschwister und vielleicht hätten wir uns unsere wahren Gefühle niemals eingestanden, wenn du nicht weg gemusst hättest. Irgendwann hätte einer von uns jemand anderen geliebt und der andere wäre daran zerbrochen.", sage ich, fast traurig, weil es so tragisch klingt.

Mike dreht sich zu mir, er nimmt mein Gesicht in seine Hände und sieht mich an. „Ich weiß, wir sind sehr jung und wir sollten solche großen Worte nicht nutzen, aber ich glaube, ich hätte niemals jemand anderen lieben können als dich, Moisha." Mir steigen Tränen in die Augen, weil es so romantisch ist. Ich küsse ihn. „Ich liebe dich auch Mike.", flüstere ich und halte ihn fest.

„Halloooo, Bonny und Clyde, aufstehen! Es gibt Frühstück!" Es ist Mas Stimme, die mir ins Ohr singt. „Wofür hole ich hier eigentlich Matratzen raus, wenn ihr euch in dieses kleine Bett quetscht?", sagt sie und lacht.

„Guten Morgen Ma.", sage ich und rieche Bacon und Eier. „Guten Morgen Kisha!", sagt Mike und reibt seine Augen.

Ma geht raus, ich gebe Mike einen Kuss und gehe meine Zähne putzen. Er kommt dazu. Schweigend und putzend stehen wir vor dem Spiegel. Als wir unten ankommen, steht das Frühstück bereit. Wir essen gemeinsam mit Ma. „Ich muss gleich in den Laden, jemand ist krank geworden. Ich hoffe ihr schickt mir ein Bild, bevor ihr zum Ball geht.", sagt Ma. „Klar, das machen wir. Schade, ich wollte eigentlich anklingeln und Mo standesgemäß abholen und dich um Erlaubnis bitten, sie ausführen zu dürfen.", sagt Mike enttäuscht. Ma grinst „Dann müsst ihr in den Laden kommen", sagt sie. Wir lachen alle und insgeheim beschließe ich, dass wir das tun werden, in unseren Ballsachen.

Mike und ich schauen TV, als Ma weg ist. Da es langweilig ist, gehe ich duschen. Mike geht nach mir.

Ich bürste gerade meine Haare, als er aus dem Bad kommt. Er trägt nur eine Shorts. Mein Herz schlägt schneller, als ich ihn im Spiegel betrachte. Er will sich gerade ein Shirt anziehen, als ich wie aus einem Impuls heraus aufstehe, zu ihm gehe und ihn küsse. Er wirft das Shirt weg und streift mir meins ebenfalls ab.

Ich kann seine Hände überall auf meinem Körper fühlen. Es ist wie ein Rausch. Wir streifen die letzten Kleidungstücke ab und sinken zusammen auf mein Bett.

Er bedeckt meinen Körper mit Küssen. Als er über mir ist, streicht er mir die Haare aus dem Gesicht. Seine Hand sucht nach seiner Jeans neben dem Bett.

Er küsst mich sanft und es tut nur für eine Sekunde weh. Wir bewegen uns langsam, finden einen gemeinsamen Rhythmus. „Ist alles ok?", flüstert er leise in mein Ohr. „Ja" ist alles was ich heraus bringe. Ich bin zu überwältigt von den Gefühlen, körperlich und emotional.

Ich will nicht denken.

Ich merke, wie sein Atem immer schneller wird und dann verlangsamt er sich wieder. „Tut mir leid Baby, aber das wars", sagt er besorgt und rollt sich von mir runter. Ich kann nichts sagen und küsse ihn einfach. „Ich muss duschen, kommst du mit mir?", frage ich nach einer Weile. Wo kommt dieser ganze Mut her? Vor einer Woche war ich GirlyMo, wer bin ich jetzt? SexyMo? Ich muss selbst über meinen Gedanken lachen.

In der Dusche ist es komisch zu zweit, aber es lockert sehr die Stimmung. Was sagt man denn nach so einem ersten Mal? Super Schatz? Hast du gut gemacht? Ich sage einfach nichts.

Wir kuscheln uns noch etwas unten auf die Couch. Um fünf kommen Jane, Sandy und Jamal. Chad kneift tatsächlich. Sandy ist total traurig darüber.

Jamal und Mike machen sich gemeinsam im Wohnzimmer fertig, sodass wir Mädels mein Zimmer haben.

Wir sehen alle toll aus und sind stolz, als wir runter zu den Jungs gehen. Als wir ins Wohnzimmer kommen, fängt Sandy laut an zu quietschen. Chad ist da, er hat einen Anzug an. „Ich konnte dein trauriges Gesicht nicht ertragen, Babe", sagt er zu ihr und küsst sie.

Mike umarmt mich und flüstert „Du siehst so heiß aus in dem Teil, das ich es dir am liebsten ausziehen würde." Er lacht, ich muss ebenfalls lachen, aber irgendwie ist es auch sexy, wenn er so etwas sagt.

Die anderen lachen mit uns und ich hoffe, dass niemand gehört hat, was Mike gesagt hat.

Mike und ich gehen tatsächlich am Laden vorbei. Ich gehe rein.

Ma steigen die Tränen in die Augen.

„Schatz, du bist wunderschön!", ruft sie und drückt mich. „Shht Ma, Mikes Auftritt!", sage ich.

Mike betritt den Laden. Er hat Blumen für Ma und bittet sie förmlich, mich zum Ball ausführen zu dürfen. Sie erlaubt es ihm und er verbeugt sich. Die Szene ist gleichzeitig witzig und schön.

Auf dem Ball tanzen und lachen wir viel. Es ist so unbeschwert, einfach ein Teenager zu sein, verliebt und fröhlich. Wir machen viele Fotos.

Als wir nach dem Ball nebeneinander im Bett liegen, muss ich an Daddy denken. Tränen laufen über mein Gesicht. Mike schläft bereits. Ich brauche lange, bis ich einschlafe.

Den Sonntag verbringen wir zu zweit, fahren mit den Rädern. Abends bringe ich Mike zum Bus.

Unter der Woche telefonieren wir abends, Freitag fahre ich zu Mike, denn Samstag ist der Ball an der Roosevelt Private School.

Ich bin aufgeregt.

Mike holt mich mit dem Auto am Busbahnhof ab, da ich mein Kleid und eine Reisetasche dabei habe.

Kate freut sich sehr, mich zu sehen. „Kind, ich freue mich so. Jetzt wirst du ja doch noch meine Schwiegertochter, eines Tages. Ich hab immer darauf gehofft!", sagt sie überschwänglich und wir lachen. Mikes Geschwister fragen, wie es in Middleton ist. Alle vermissen es.

Als wir gerade am Abendbrottisch sitzen, kommen Joe und Brady nach Hause. „... die sollen ihre weißen Ärsche wieder dahin schieben, wo sie hergekommen sind.", sagt er im Reinkommen zu Brady, der lacht laut über die Aussage seines Vaters. „Ja richtig, Dad. Meinen, sie besitzen die Welt.", gibt er zur Antwort.

Joe hat sich schon immer über Weiße aufgeregt. Er kam nie mit Daddy zurecht. Dad hat so oft versucht, ihn davon zu überzeugen, dass der Charakter nichts mit der Hautfarbe zu tun hat. Joe hat immer gemeint, er ist ein Eindringling, schnappt den schwarzen die Frauen weg.

„Ach der Mischling!", sagt er, als er mich sieht. „Hi Mr. J!", antworte ich nur kurz, Brady geht ohne ein weiteres Wort nach oben.

Mike hatte mir schon vorher gesagt, dass sein Dad vorerst noch nichts von uns weiß, so ist es einfacher. Mischling ist sein Kosename für mich, obwohl ich ziemlich dunkel bin und meiner Ma sehr ähnle, bin ich für ihn eine Weiße und gehöre nicht dazu. Mike und ich mussten früher immer lachen, wenn wir Harry Potter geschaut haben. „Für meinen Dad, bist du ein Schlammblut!", hat Mike gesagt und wir haben uns darüber amüsiert. Joe hat auch etwas Böses und Düsteres an sich, wirklich geheuer war er mir noch nie.

Unsere erste Nacht in Mikes Bett ist wesentlich bequemer, als bei mir. Sein Bett ist größer, er hat einen riesigen Fernseher. Wir schauen TV, knutschen wild, bis ich ihn stoppe. „Mike, wir können das hier nicht machen, dein Dad flippt aus. Brady kann uns hören." „Ok Baby, morgen früh gehen die beiden arbeiten, um sechs. Ich wecke dich!", sagt er und wir lachen.

Gegen Mitternacht schlafen wir ein. Als ich in der Nacht zur Toilette gehe, höre ich Brady und Joe unten in der Küche. „...klar Dad, meinst du da läuft nichts, die sind doch keine Kinder mehr. Der Mischling hat meinem Bruder den Kopf verdreht. Die werden wir nicht mehr los!", sagt Brady zu seinem Dad, ich lausche weiter. „Aaach, warte ab Sohn, die kleinen, weißen Dinger eliminieren sich doch von ganz allein. Ihr weißer Taugenichtsvater war auch schneller weg, als wir gedacht hätten, leider hat er sein Mischlingsbalg nicht mitgenommen." Die beiden lachen bösartig.

Ich habe einen Klos im Hals, gehe schnell zur Toilette und dann zurück zu Mike. Ich muss weinen, wie kann man so voller Hass sein?

Mit meinem Schluchzen wecke ich Mike.

„Baby, was ist los? Ist was passiert? Wie spät ist es?" Er nimmt mich in den Arm. „Keine Ahnung, sechs oder so...", schluchze ich, kuschle mich an ihn und erzähle ihm, was ich gehört habe.

Mike wird sauer. „Das sind so Schweine. Ich hasse die beiden.", sagt er wütend und ballt die Fäuste. „Dein Dad war ein wunderbarer Mann, Mo. Ich wünschte ich hätte so einen Dad und nicht so ein mieses Schwein, wie meinen.", tröstet er mich. Wir schlafen noch einmal ein, bis uns Debbie um halb zehn zum Frühstück holt.

Wir haben eine schöne Zeit mit Mikes Familie. Am späten Nachmittag macht Anna mir die Haare für den Ball. Sie dreht mir Locken, nimmt dann einen Teil meines Haares hoch. Es sieht schön aus, ganz anders als letzte Woche in Middleton. Zum ersten Mal kommen mir Gedanken über die Schüler der Privatschule, zu der Mike jetzt geht. In Middleton hatten wir unsere Freunde bei uns, hier kenne ich niemanden. Mike erwähnt auch nicht viele Namen von Jungs oder Mädchen, mit denen er hier abhängt. Er spielt mit einigen Basketball in der Schulmannschaft. Ansonsten ist er viel daheim, lernt, hilft seiner Mum.

Die Turnhalle ist klein, im Vergleich zu der in Middleton. Es sind auch viel weniger Schüler da, eine Privatschule ist nicht so groß, wie eine normale High Shool. Ich fühle mich von Anfang an fehl am Platz. Mike begrüßt seine Kumpel aus der Mannschaft. Er stellt mich Ihnen vor.

Cliff, einer der Jungs, blökt sofort „Woah, solche Granaten laufen bei euch auf dem Dorf ´rum, ich bin hier falsch, was sagst du Richard?" zu seinem Kollegen neben sich. Der mustert mich von oben bis unten, ich komme mir vor, wie ein Stück Vieh. Mike rettet mich, indem er ihnen sagt, dass sie sich bitte andere Mädchen suchen, über die sie so reden und zieht mich zur Bar.

Wir tanzen ab und zu, unterhalten uns mit Mitschülern. Es ist lange nicht so, wie vor einer Woche. Aber Mike freut sich, dass ich bei ihm bin. Wir gehen früh.

Auf dem Weg nach Hause fragt er „Wie war es für dich?" „Schön.", antworte ich nur. Er kennt mich zu gut. „Es war überhaupt nicht dein Ding oder? Naja vielleicht hätte der Ball vor dem in

Middleton sein sollen. So hatte er keine Chance."
In seiner Stimme liegt ein leiser Vorwurf. Ich versuche, nicht darauf einzugehen, aber ich schaffe es nicht. „Mike, man kann es doch nicht vergleichen. Letzte Woche haben wir mit unseren langjährigen Freunden gefeiert, in der Schule, die wir ewig kennen. Diese Woche kannte ich niemanden und du die meisten eben nur von der Schule.", sage ich und versuche neutral zu klingen, obwohl es mich sauer macht, dass er mir vorwirft, ich hätte seinem Ball keine Chance gegeben. Mike sieht mich an. Dann bleibt er stehen, lässt meine Hand los.

„Mo, das hier ist jetzt mein zu Hause. Ich MUSS und ich WILL ein Teil davon sein, wie soll mir das gelingen, wenn du mir immer wieder vor Augen hältst, was ich hinter mir gelassen habe?", sagt er und klingt verzweifelt. Er schlägt die Hände vors Gesicht. „Aber, was soll ich denn tun Mike? Sag´s mir, ich will dir ja helfen, aber ich lebe eben noch in Middleton, ich kenne hier so gut wie nichts. Dann zeig mir deine Welt!"
Auch ich klinge verzweifelt. Er nimmt meine Hände, führt sie an seinen Mund. „Ich weiß Baby. Ich weiß es doch auch nicht. Am Anfang dachte ich, ich lebe nur so lange hier, bis ich meinen Abschluss habe und komme dann zurück. Mittlerweile bin ich mir aber sicher, dass meine Zukunft nicht in Middleton liegt. Ich werde nach meinem Abschluss Architektur studieren, an

einer der großen Unis. Damit müssen wir leben lernen!", sagt er.

Seine Worte treffen mich, obwohl es mir immer klar war, dass Mike eines Tages zum Studieren weggeht. Nach der High School. Das ist im nächsten Sommer. Vielleicht kann ich einfach mit ihm gehen. Kunst studieren oder Literatur. Wir beide am anderen Ende der USA, weit weg von all diesen Problemen, von seinem Dad und seinem Bruder, die niemals akzeptieren werden, dass wir ein Paar sind.

Aber meine Ma würde nie in der Lage sein, mir ein Studium an einer großen Uni zu ermöglichen. Das Leben wird uns eines Tages wirklich trennen, zumindest für eine Weile.

Wir laufen weiter in Richtung Haus.

Bei dem Gedanken an ein Kunststudium, fällt mir auf, dass ich lang nicht mehr gemalt habe. Ich nehme es mir gleich für den Sonntagabend vor.

Zu Hause kuscheln wir uns ins Bett, Mike schläft schnell ein, ich schlafe gar nicht. Gedanken plagen mich, wie das Leben aussehen wird, wenn wir getrennt sind. Was machen wir dann? Entfernen wir uns voneinander oder schaffen wir es, über die Distanz eine Beziehung zu führen?

Was passiert danach?

Mike wird in einer großen Stadt leben- Er träumt von einem Haus in den Hamptons, in New York. Werde ich zu ihm ziehen, was ist dann mit Ma?

Die Gedanken lassen mich nicht mehr los und jeder davon, macht mir Angst.

Als Mike gegen sieben aufwacht, sitze ich auf seinem Boden und schaue mir Fotoalben mit Bildern aus unserer Kindheit an.
„Hey, komm zu mir ins Bett Mo. Was tust du denn da?", fragt er verschlafen.
„Mich erinnern, wie es einmal war... ich versuch mir vorzustellen, wie es sein wird, was aus uns wird." Mike gleitet zu mir auf den Boden, zieht mich zu sich herüber. „Babe, nicht darüber nachdenken, hier und jetzt sind wir zusammen und was kommt, kommt sowieso und wir werden einen Weg finden, damit umzugehen.", sagt er, um mir Mut zu machen. Ich schmiege mich an ihn. Eine gefühlte Ewigkeit sitzen wir so da. Bis ich ihn küsse. Wieder verspüre ich diesen Drang, ihm ganz nah zu sein und falle in den Rausch unserer Liebe, bis er mich auffängt.

5

So vergehen die nächsten drei Wochen.

In der Woche besuchen wir uns selten. Wir telefonieren jeden Abend, erzählen uns, was passiert ist, dass wir uns vermissen, den neuesten Klatsch und Tratsch aus der Schule.

Die Wochenenden verbringen wir abwechselnd in Boise oder in Middleton. Mittlerweile kenne ich einige seiner Kumpel dort, auch die Freundinnen- Wir unternehmen gemeinsam etwas, sehen den Jungs beim Spiel zu. Es macht Spaß und ist nicht immer dasselbe. Einmal kommen auch Janie und Jamal mit, verbringen den Tag mit uns dort.

Es ist Samstag.

Da Freitagabend Jamals Geburtstag war, fahre ich erst heute Morgen zu Mike. Zum Geburtstag konnte Mike nicht kommen, er hatte Training und hat heute ein wichtiges Spiel.

Pünktlich zum ersten Viertel sitze ich in der Bank, neben Rita, Richards Freundin. „Hey Mo, das war ja knapp. Mike hat schon nach dir geschaut." „Der blöde Bus hatte Verspätung und ich habe den Anschluss verpasst.", antworte ich. „Mike ist total fertig, wegen seinem Dad.", sagt sie. Ich sehe sie fragend an. „Was ist mit ihm?", frage ich sie. Sie sieht mich mit großen Augen an „Oh fuck, du weißt es nicht? Oh man. Sorry.

Er hat herausgefunden, dass ihr zwei zusammen seid. Er will Mike nach Boston schicken, an eine Schule, damit er direkt an die Harvard wechseln kann."

Ich muss aussehen, als hätte mich ein Blitz getroffen. „Ok, sag bitte nicht, dass ich es dir gesagt habe, Richie sollte es mir eigentlich nicht erzählen. Ich weiß jetzt auch warum.", sagt sie entschuldigend. Mir ist klar, warum Mike noch nichts gesagt hat, ich wäre heute niemals her gekommen.

Ich kann mich kaum auf das Spiel konzentrieren, Mikes Mannschaft gewinnt ganz knapp. In meinem Magen sitzt ein Kloß, so dick wie die Rocky Mountains. Ich warte mit Rita auf die Jungs, bereite mich darauf vor, so zu tun, als wüsste ich nichts.

Mike kommt mit einem strahlenden Lächeln auf mich zu, umarmt und küsst mich.

Das macht mich wütend. Er tut so, als sei nichts. Er merkt an meinem Blick, dass etwas nicht stimmt, sagt aber nichts, sondern zieht mich hinter sich her. Wir gehen mit den anderen noch eine Pizza essen, von Minute zu Minute sinkt meine Laune. Das kann doch nicht sein Ernst sein. Er geht gleich mit mir zu sich als sei nichts?

Tatsächlich. Bei ihm sind nur seine Mutter und Schwestern.

Oben in seinem Zimmer platzt es aus mir heraus, „Du solltet dir überlegen, ob du Richie Sachen anvertraust, die ich nicht wissen soll. Er hat es Rita erzählt.", viel zu schnell und sauer.

Mike guckt verblüfft, schluckt. „Ehhhm, tut mir leid Mo. Du wärst nie mehr hergekommen. Ich wollte es dir jetzt sofort sagen.", entschuldigt er sich. Meine Wut weicht einem beklemmenden Gefühl. „Was geschieht jetzt, Mike? Du gehst weg?" Er sieht mich an, schaut dann wie durch mich hindurch. „Ja, nach den Ferien gehe ich in Boston zur High School." Tränen steigen in seine Augen. Ich setze mich auf die Bettkante, die Hand vor meinem Mund und bin wie erstarrt. Nach den Ferien? Das ist in 9 Wochen. Ich schaue ihn an und schüttele den Kopf. Er setzt sich zu mir, nimmt mich in den Arm und wir weinen beide. Keiner sagt etwas.

Nach einer Weile dreht Mike mein Gesicht zu sich. „Wir schaffen das irgendwie, wenn wir mit der Schule fertig sind, können wir zusammen leben. Ich mache mein Studium und du, das was dir gefällt. Es wird alles gut, du wirst sehen, Engel." „Wir schaffen das.", flüstere ich, alles andere als überzeugt. Wir essen oben allein zu Abend. Die Nacht schlafe ich kaum.

Den Sonntag verbringen wir größtenteils zu Hause, schwimmen etwas im Pool, verdrängen so gut wie es geht, was geschehen ist.

Sonntagabend bringt Mike mich wie immer zum Bus. Unser Abschied ist irgendwie mechanisch. Jeder hält die Tränen zurück.

Die Busfahrt kommt mir ewig vor. Ich höre Musik, starre aus dem Fenster.

Zu Hause wartet Ma auf mich. Sie nimmt mich beim Reinkommen schon fest in den Arm.

„Ich hab mit Kate telefoniert. Es tut mir so leid, Schatz.", sagt sie und bricht in Tränen aus. Wir weinen beide und stehen einfach so da.

Nach einer Weile setzen wir uns aufs Sofa und reden. Es ist fast Mitternacht, als wir ins Bett gehen.

Ma hat mir Hoffnung gegeben. Sie würde, wenn es nötig wäre auch für die Zeit meiner Ausbildung mit mir nach Boston gehen, das Haus hier vermieten. Darüber hat sie schon lang nachgedacht, da es hier keine wirklich guten Colleges für Kunst gibt.

Im Bett, denke ich weiter darüber nach. Ma versucht wirklich alles, um mir meine Träume und Wünsche zu erfüllen. Sie möchte, das ich Kunst studieren kann. Das ich male.

Irgendwann falle ich in einen unruhigen Schlaf.

Die letzte Schulwoche bricht an. Alle sind aufgeregt, sprechen von den Ferien.

An mir zieht alles vorbei, wie in einem Film. Was ist aus meinem Leben geworden in den letzten Wochen? Immer, wenn ich mich mit etwas abgefunden habe, kam etwas Neues dazu.

„Hey, du siehst müde aus!", spricht mich jemand von der Seite an, während ich nur so da sitze, auf einer Bank auf dem Schulhof und in die Gegend starre. Ich schrecke hoch, starre die Person, die mich angesprochen hat an. Es ist Jamie.

„Hey…", bringe ich nur hervor, starre dann wieder ins Nichts. „Mo? Ist was passiert? Ist es wegen Mike?" Ich nicke nur, habe keine Lust mehr darüber zu reden. Er setzt sich einfach neben mich, legt seinen Arm um meine Schultern und starrt mit mir ins Leere. Irgendwie finde ich das toll von ihm. Wirklich jeder sagt mir, wie leid ich ihm tue, will wissen was passiert ist, zeigt Interesse, will mir helfen… doch letztendlich hilft es nicht. Das was Jamie tut, tut gut. Er ist einfach da, im einfachsten Sinne. Ich lege meine Hand auf seine und wir sitzen schweigend nebeneinander, bis die Pausenglocke ertönt.

„Danke.", sage ich, drücke ihn kurz, er nickt und wir gehen in unsere Klassen.

„Was geht denn da mit dir und Jamie?", flüstert mir Sarita im Biokurs ins Ohr. Ich rolle mit den Augen „Nichts Sarita, wir sind einfach nur Freunde!", sage ich spitz und etwas zu laut zurück. Die Lehrerin sieht mich an. „Sorry.", sage ich nur und schaue aus dem Fenster.

Sarita versucht noch ein paar Mal, mit mir über Jamie zu reden, ich antworte ihr nicht. Am Ende des Unterrichts klappe ich mein Buch zu und stehe schnell auf. Sarita ist jedoch schneller. Noch bevor ich an meinem Spind bin, holt sie mich ein. „Momo, warte doch. Es ist doch gut, wenn du etwas mit einem anderen hast, das mit Mike und dir hat doch eh keinen Sinn.", sagt sie, grinst breit und geht mir tierisch auf die Nerven. Ich werde wütend, meine Nerven liegen zu blank, um mit jemandem wie ihr klar zu kommen. Ich sehe sie an, sehe ihr selbstgefälliges Grinsen. „Jetzt hör mir mal zu Sarita. Was Mike und ich sind oder sein werden geht dich überhaupt nichts an, nicht einmal annähernd. Und meine Freundschaft mit Jamie genau so wenig. Nur weil du hinter Aarons Rücken mit anderen anbandelst, muss ich das noch lange nicht tun!!", schreie ich zum Schluss regelrecht. Sie sieht mich mit großen, überschminkten, arroganten Augen an. „Pah, das sagst du mir? Du bist so lächerlich Mo, albern, wie du deinem Mickey nachheulst... der macht sich längst ein schönes Leben in seiner Prunkhütte und denkt gar nicht mehr an dich...", sagt sie und stolziert davon. Am liebsten würde ich ihr die Haare ausreißen, die Augen auskratzen.

Ich bleibe einfach stehen, die Schüler um uns herum starren mich an, Jamie kommt auf mich zu, zieht mich in eine leere Ecke und ich fange an, bitterlich zu weinen. Er hält mich einfach fest, sagt nichts, streichelt mein Haar.

In der letzten Stunde habe ich Kunst. Ich male lustlos an einem Bild herum. Mr. Porter stellt sich zu mir. „Mo, die letzten Wochen waren hart, aber du musst wieder auf die Beine kommen. Deine Kunst war dir so wichtig, stell nicht alles in den Schatten." Er streichelt meine Schulter. Mittlerweile ist es mir egal, wer was zu mir sagt.

Ob gut gemeint oder nicht. Ich bin einfach froh, wenn die Ferien anfangen, wenn ich keinen sehen muss, mit niemanden reden. Ich hab es so satt.

Am Nachmittag versuche ich Mike anzurufen. Er hebt nicht ab, stattdessen schickt er mir eine Nachricht *Hey Mo ich kann leider heute nicht telefonieren, denk an dich :-*.

Mehr höre ich heute von ihm nicht.

Vielleicht hat Sarita auch nicht Unrecht. Mike lebt zwar nicht so wie sie es denkt, aber es ist schon so, dass er nun in sein Leben aufbricht, dass ich da wenig bis keinen Platz drin habe, dass es unrealistisch ist, zu denken, dass wir das alles schaffen und eine Beziehung führen.

Ich lege mich auf mein Bett und starre an die Decke, bis Ma nach Hause kommt. Wir essen gemeinsam. Reden über unseren Tag und schauen dann einen Film.

Als ich hoch gehe in mein Zimmer, habe ich mehrere Nachrichten auf meinem Handy. Eine ist von Mike, er hat einen Kusssmiley geschickt, ich schicke einen zurück. Die drei weiteren sind von Jamie. Als ich gerade anfangen will zu lesen, knackt es vor meinem Fenster und für einen kurzen Augenblick sehe ich Mikes Gesicht, das mich angrinst. Es ist Jamie.

„Coole Sache, die mein Cousin sich hier überlegt hat.", lacht er und klettert rein. Ich muss lachen. „Hey Einbrecher.", sage ich und grinse. Er setzt sich neben mich aufs Bett. „Ich wollte mal sehen ob es dir besser geht. Nein, in echt wollte ich cool sein und durch ein Fenster einsteigen... und dann sehen ob es dir besser geht.", sagt er lachend und ich stimme mit ein. „Ja, es geht mir etwas besser. Danke Jamie, dass du heute einfach da warst ohne groß zu reden." „Ach, klar, ich weiß wie das ist, wenn einen alle tausend Dinge fragen, die vielleicht nett gemeint sind, aber eigentlich kein bisschen helfen." Er legt wieder den Arm um mich. „Ist deine Ma nicht sauer, wenn hier ständig Kerle durch dein Fenster klettern?" Ich muss lachen. „Ständig Kerle... es war immer nur Mike, naja und jetzt du. Keine Ahnung, wie sie das findet." Indem klopft es an der Tür. Ma kommt rein „Hey Jamie, du kannst gerne auch durch die Tür kommen.", begrüßt sie ihn. „Ehhm, sorry Mrs M. War nicht böse gemeint, ich wollte nur so cool sein, wie mein Cousin.", sagt er etwas verlegen. „Schon ok.", lacht Ma „Aber morgen ist wieder Schule, es wäre gut wenn du gleich gehen würdest, damit ihr genug Schlaf bekommt.", sagt sie.

Bei Mike hat sie nie etwas gesagt.

„Klar Mrs M. Ich wollte nur nachsehen ob es Mo gut geht. Bin gleich wieder weg.", sagt er. „Das ist sehr nett von dir Jamie, wenn das so ist, kannst du auch noch einen Moment bleiben. Gute Nacht ihr beiden." Sie gibt mir einen Kuss und schließt die Tür. „Deine Ma ist cool.", sagt Jamie und schaut durch mein Zimmer. Dann sieht er mich an, streicht mir eine Haarsträhne aus der

Stirn. „Gute Nacht Mo. Wenn was ist, ruf an, ich komm durchs Fenster.", sagt er zwinkernd, steht auf und klettert wieder raus. „Jamie?", rufe ich ihm nach. „Jo Girl?", sagt er. „Danke.", sage ich nur, lächle ihn an. Er lächelt zurück, zwinkert und klettert hinab. Er erinnert mich in Vielem an Mike und doch ist er ganz anders.

Durch Jamies Besuch geht es mir etwas besser, ich fühle mich nicht mehr so allein. Mein Handy leuchtet auf. Es ist Mike. Ich hebe ab. „Hey.", sage ich. „Hey.", antwortet er. Dann schweigen wir einen Moment. Ich frage ihn nach seinem Tag, er mich nach meinem. Wir sind beide bedrückt. Nichts ist so, wie wir es uns erhofft hatten. Es ist schlimm, dass selbst wir uns nicht mehr zwanglos unterhalten können. Alles ist anders, nichts wie es war. Mir laufen Tränen über die Wangen, doch ich sage nichts.

Nach einer Weile verabschieden wir uns, sagen dass wir uns lieben, uns vermissen und legen auf.

Jetzt fühle ich mich wieder schlecht. Vielleicht hätten wir unsere Gefühle zurück halten sollen, Freunde bleiben. Wir beide gegen den Rest der Welt, wie immer. Ich brauche sehr lange, um die Gedanken zu überwinden und einzuschlafen.

Der letzte Schultag ist geschafft. Ich sitze mit den Mädels im Diner, als Mike schreibt, dass er nicht wie geplant heute kommt. Mehr schreibt er nicht. Meine Stimmung sinkt ab. Die Mädels bestellen sich etwas zu essen. Mir ist schon seit Tagen nicht so gut, ich bestelle nur eine Cola.

„Was ist los Mo?, fragt Janie besorgt. „Ach nichts, kein Hunger", sage ich. Sie sieht mich an. „Sicher Mo? Du bist so komisch die letzten Tage. Ist was mit dir und Mike?" „Nee nee, alles gut. Liegt halt einiges vor uns." Antworte ich ihr und schaue aus dem Fenster.

Sie schaut mich an, das spüre ich, sagt aber nichts mehr. Nach einer Weile zahlen wir und gehen.

Ich fahre nach Hause.

Ma ist noch bei der Arbeit, auf der Küchentheke liegt ein Zettel *Hey Baby, im Kühlschrank sind Nudeln und Soße. Bis nachher <3*

Ich mache mir das Essen warm und esse vor dem Fernseher. Nächste Woche bekommen wir unsere Zeugnisse. Mir ist das alles irgendwie egal geworden.

Ich fange an zu weinen. Was ist nur mit mir los. Mike und ich wollten so viel. Mike und ich… Jetzt will er so viel und ich hänge fest.

Von dem weinen wird mir übel. Ich räume mein Geschirr weg und gehe in mein Zimmer. Dort liege ich auf dem Bett und starre aus dem Fenster. Ich schlummere ein, bis mir jemand über die Wange streicht.

Ich denke, dass es Ma ist, öffne langsam die Augen. „Du hast geweint, Mo?", fragt mich eine Männerstimme. In meinem Halbschlaf muss ich an Dad denken, spüre Tränen über meine Wange laufen. Die Person, die mir über die Wange gestreichelt hat, wischt die Tränen ab, legt sich zu mir und nimmt mich in die Arme. Davon werde ich wach und finde mich in Jamies Armen wieder. Es fühlt sich gut an, dass er mich festhält. Auch wenn ich tief in meinem inneren weiß, dass es nicht richtig ist, dass er mehr will, bleibe ich regungslos liegen und genieße seine Anwesenheit. Er streichelt über meinen Arm, über meine Finger, ich spüre seinen Atem auf meinem Gesicht.

Dann öffnet sich meine Tür.

Ma steht im Zimmer.

„Moisha! Ich… was…?". Sie schlägt die Hände vor den Mund, ich springe auf, über Jamie und stehe vor ihr. „Ma… er hat mich nur getröstet, Ma. Das ist nicht…" „Moisha Miller! Das lasse ich nicht zu! Nicht in meinem Haus und auch sonst nirgendwo. Du bist jung, du bist unglücklich, aber du wirst hier nicht herum huren und deinen Freund hintergehen!", schreit sie.

Ich erstarre.

Sie verlässt das Zimmer. Ich laufe ihr nach.

„Ma, Jamie ist einfach nur für mich da, er ist ein Freund, Ma bitte…", flehe ich, während ich ihr folge. Hat sie das eben wirklich gesagt? Ich hintergehe meinen Freund?

„Ma….bitte, du weißt das es mir nicht gut geht. Du verstehst das nicht… was ich durch mache!", sage ich unbedacht. Sie wirbelt herum.

Ich habe noch nie so einen Zorn auf ihrem Gesicht gesehen.

„Ich weiß nicht was du durch machst? Mein geliebter Mann wurde getötet, niemand weiß bis heute warum. Ich war schwanger mit deinem Bruder und habe ihn verloren. Ich war ganz allein mit dir, musste uns durchbringen... und ich weiß nicht, was du gerade durch machst? Weil dein Freund an das andere Ende des Landes zieht und du nichts Besseres zu tun hast, als deine Trauer mit seinem Cousin zu betäuben? Moisha, geh mir aus den Augen. Habe ich dich zu so einem Menschen erzogen? Zuerst belügst du mich und jetzt das?", sagt sie und beginnt zu weinen.

Ich gehe auf sie zu, will sie in den Arm nehmen. Ich weine, sie weint. Sie weicht zurück.

„Ma... bitte, es tut mir leid...", schluchze ich.

„Geh!", flüstert sie und lässt mich stehen. Ich renne in mein Zimmer, schmeiße mich aufs Bett. Jamie ist weg.

Hab ich das wirklich getan? Mich getröstet? Da war doch nichts, zwischen Jamie und mir. Warum denkt meine Mutter genauso wie Sarita?

Ich stehe auf, packe ein paar Sachen in eine Tasche. Als ich ins Wohnzimmer komme, ist Ma nicht da. Ich stehe da, mit meiner gepackten Tasche und habe keine Ahnung was ich tun soll. Ich lasse mich auf den Boden sinken, nehme mein Handy und rufe Mike an. Er hebt direkt ab, fröhlich. Ich bringe keinen Ton heraus.

Er erzählt direkt von seinem Tag, dass er nach der Schule mit den Basketballjungs was essen und trinken war und deshalb erst morgen früh her kommt. Als er aufhört, schluchze ich.

Er macht eine Pause, bis er sagt „Mo? Was ist passiert?". Ich erzähle ihm unter Tränen, was hier vorgefallen ist, wie es in mir aussieht, was das mit Jamie ist, das es nichts ist, das es nur gut tat, dass jemand da war. Was mit Ma ist. Mike ist still als ich fertig bin. „Ich hol dich.", sagt er dann und legt auf. Verdattert sitze ich da, starre mein Handy an. Er holt mich? Wie? Ich versuche mich zu sammeln, schaue in meine Tasche.

Ich hole noch ein paar Dinge aus meinem Zimmer und dem Bad. Angst macht sich in mir breit. Sollte ich lieber hier bleiben und auf Ma warten? Mit ihr reden? Was geschieht jetzt? Ich versuche, sie anzurufen. Sie hebt nicht ab.

Ich versuche es ein paar Mal. Bis es an der Tür klingelt.

Als ich öffne, steht Jamie vor mir. „Hey, das war ja was, hab ich dich in Schwierigkeiten gebracht?", fragt er. Er folgt mir ins Haus.

„Ich weiß nicht.", sage ich und fange an zu schluchzen. Er wischt mir die Tränen weg.

„Naja, ich verstehe deine Mum schon irgendwie. Sie ist ja nicht die einzige, die denkt bei uns läuft was. Im Grunde tut das jeder, außer dir." Ich starre ihn an. Wie, jeder außer mir? Was denkt er denn? Ich weiche zurück. „Wie meinst du das Jamie? Dachtest du, aus uns wird was?", frage ich erschrocken. „Ich hab schon gedacht, dass du mit der Zeit merkst, dass Mike und du keine Chance haben und du mehr in mir siehst.", sagt er tonlos.

Ich wollte wirklich glauben, er war nur nett zu mir und hat mir geholfen, weil er mich gern hat. Doch auch er hat ein Ziel verfolgt. Meine Augen füllen sich mit Tränen. „Ich dachte, du wärst mein Freund.", sage ich zitternd.

„Mo, das sind wir und ich war für dich da, weil ich dich gern habe. Aber ich habe dich eben nicht nur gern. Ich hätte dich niemals bedrängt oder sowas, bitte Mo.", sagt er, greift nach meiner Hand. Da hält ein Auto draußen, Mike steigt aus. Ich ziehe meine Hand weg. „Ich muss gehen Jamie. Mach's gut.", flüstere ich fast, lasse ihn stehen und gehe aus der Tür.

Mike nimmt mich in den Arm. Ich weine immernoch.

„Ist gut, Baby.", sagt er, streicht über meinen Rücken. Jamie geht an uns vorbei. „Mo, bitte, es tut mir leid.", sagt Jamie im Vorbeigehen, streichelt meine Schulter.

„Hey Mike, pass auf sie auf.", sagt er zu Mike. Mike klopft ihm auf die Schulter, nimmt dann meine Tasche und führt mich zum Auto. „Warte, ich muss Ma was da lassen!", sage ich und laufe zurück ins Haus. Ich nehme einen Zettel und schreibe ein paar Zeilen

Ma, es tut mir so unendlich leid.
Ich wollte dich niemals enttäuschen.
Mike hat mich abgeholt.
Bitte ruf mich an und lass uns reden,
ich liebe dich
Deine Mo

Ich lege den Zettel auf die Küchentheke. Schaue auf ihren Zettel, wische mir die Tränen weg.
Dann gehe ich raus, schließe die Tür ab und steige ins Auto.

6

Mit dem Auto brauchen wir bis Boise nur 35 Minuten.

„Brady killt mich, wenn er merkt, dass sein Auto weg ist.", sagt Mike und lacht. Er versucht die Stimmung aufzulockern. „Sorry Mike, ich wollte dir deinen Tag nicht vermiesen. Du hast so viel Glück und alles läuft so gut. Bei mir geht nichts mehr.", antworte ich und schaue aus dem Fenster. Mike nimmt meine Hand. „Mum freut sich, das du kommst. Ich hab ihr nicht gesagt, dass du dich mit deiner Ma gestritten hast, du musst also nichts erzählen. Dad ist bis Dienstag weg, dienstlich.", erzählt er.

Ich klappe die Sonnenblende herunter, um mein Gesicht anzusehen. Man sieht direkt, dass ich geweint habe, also nehme ich mein kleines Kosmetiktäschchen und versuche, es mit etwas Puder und Mascara zu retten. Kurz bevor wir ankommen, klingelt mein Handy. Es ist Jamie. Ich hebe nicht ab. Ich hab wirklich gehofft, er ist einfach ein guter Freund in dieser Zeit, aber wiedermal hatten alle recht.

„Geh ruhig dran, Mo. Ist schon ok.", sagt Mike, als er sieht wer anruft. „Nein, ich will nicht mit ihm sprechen.", antworte ich leise.

Mike parkt vor dem Haus. Ich steige aus, nehme meine Tasche vom Rücksitz und gehe zur Haustür. Kate öffnet noch bevor wir schellen.

„Hey Mo, ich freue mich ja so, dass du da bist Kind. Ist etwas passiert?", fragt sie besorgt.

Na klasse. Mike hat zwar nichts gesagt, aber warum holt er mich in einer Nacht- und Nebelaktion ab, wenn nichts passiert ist.

„Ach, ist schon ok, Kate. Es ist alles sehr viel im Moment, ich wollte einfach bei Mike sein.", antworte ich. „Kommt erstmal rein, ihr beiden, wollt ihr etwas essen?" Ich verneine, Mike nickt und geht in die Küche.

Es ist mittlerweile 21 Uhr, ich bin hundemüde, mein Kopf dröhnt vom Weinen. Ich setze mich zu Mike an den Tisch, starre ins Leere. Mir ist schlecht. Ich hole mir ein Wasser. Kate setzt sich zu uns.

„Du hast Glück. Dein Bruder hat nicht gemerkt, dass der Wagen weg war.", sagt sie und zwinkert mir zu. „Ich würde nicht darauf wetten, dass der nicht genau seinen Kilometerstand kennt, er ist wie Dad!", sagt Mike genervt. „Naja, dann ist das so, dann habe ich es dir erlaubt. Er kann sich dann mit mir anlegen.", sagt Kate. Mike schaut sie einen Moment lang an, isst dann weiter.

Als er fertig ist, sagen wir gute Nacht und gehen nach oben. Ich stelle meine Tasche ab und krame mein Schafzeug heraus. In seinem Bad putze ich meine Zähne und ziehe mich um.

Mike kommt zu mir ins Bad, umarmt mich von hinten und küsst meinen Hals. Ich drehe mich zu ihm um. Wir küssen uns. Mike trägt mich zum Bett und mir gelingt es endlich die Gedanken einfach abzustellen. Da sind nur noch Mike und ich, seine Lippen auf meiner Haut. All der Schmerz, das Chaos der letzten Wochen, verschwimmt.

In Mikes Armen fühle ich mich geborgen und sicher. Ich schlafe erschöpft ein.

Mitten in der Nacht, werde ich wach. Ich schaue Mike an, der mich anblinzelt. Er streicht mir eine Haarsträhne aus dem Gesicht. „Ich liebe dich, Moisha.", flüstert er, ich lächle ihn an, küsse seinen Mund und kuschle mich in seinen Arm. „Bist du nicht sauer, wegen Jamie?", frage ich vorsichtig. „Weißt du Mo, ich traue diesem Hund nicht ein bisschen, aber ich traue dir und wenn du mir sagst, da war nichts, dann war da nichts. Wenn er dich getröstet hat, ist das ok. Wenn du dabei nicht mehr empfunden hast, sehe ich da keine Probleme.", sagt Mike ruhig und bestimmt. Ich rutsche zu ihm hoch, küsse ihn. „Ich liebe dich auch, Mike.", flüstere ich und küsse ihn intensiver.

Mike schläft schnell ein, nachdem wir uns geliebt haben. Ich liege wach.

7

Als ich zur Toilette gehe, höre ich Brady in seinem Zimmer telefonieren. „Ja Dad… alles klar, bis gleich!"
Hat Mike nicht gesagt, Joe ist bis Dienstag weg?
Ich höre Brady auf der Treppe.
Da ich meine Neugier nicht zurück halten kann, ziehe ich mir etwas an und folge ihm leise.
Ich höre ihn im Keller, doch als ich zu der Tür schleichen will, kommt er von dort wieder herauf. Schnell husche ich zurück auf die Treppe nach oben. Brady geht an der Treppe vorbei und durch die Eingangstür nach draußen.
Ich eile in die Küche und schaue vorsichtig nach vorne in die Einfahrt. Brady steht an einem Lastwagen, im Führerhaus sitzt Joe. Sie unterhalten sich kurz, dann steigt Joe aus. Sie laufen beide auf das Haus zu, mir wird übel. Ich habe nicht genug Zeit, um nach oben zu verschwinden, also gehe ich zum Kühlschrank. Ich öffne ihn gerade, als die Tür leise aufgeht. „Nicht erschrecken, ich hatte nur Durst.", sage ich laut in den Raum. „Shhhht, bist du bescheuert? Was schleichst du hier rum, kleine Missgeburt?" Brady kommt bedrohlich auf mich zu.
„Komm mal runter Brady, ich bin aufgewacht und hatte Durst.", sage ich und gehe an ihm vorbei nach oben. Joe ist nirgendwo zu sehen. Ich gehe hoch, bis in den Flur, stelle mich vorsichtig an das Fenster zum Garten.

Brady läuft über den Rasen zu der kleinen Hütte, schaltet dort das Licht an. Hundertprozentig ist Joe dort. Was haben die beiden zu verheimlichen?

Ich fasse meinen Mut zusammen und gehe noch einmal runter. Der Lastwagen vorne ist weg. Ich tipple zur Hintertür, sie steht auf, in der Hütte brennt Licht. Hinter mir höre ich ein Geräusch aus der Küche und laufe über die Veranda, verstecke mich unter dem Tisch. Da läuft Joe aus der Tür heraus. Ich komme mir vor, wie in einem Thriller, mein Herz schlägt mir bis zum Hals.

Joe geht zur Hütte, schließt hinter sich die Tür. Ich fasse meinen Mut zusammen und schleiche an der rechten Seite über den Rasen, bis zu der kleinen Hütte. Durch das Plastikfenster kann ich sie reden hören.

Brady: „Der kleine Mischling ist hier, hab sie gerade in der Küche gesehen. Die ist aber wieder ins Bett."

Joe: „Bitte? Was macht das Balg schon wieder hier? Bit du dir sicher, dass sie nach oben gegangen ist?"

Brady: „Ja Dad, sie ist hoch gegangen, sie hat nichts mitbekommen, dann hätte sie gefragt. Ich kenn' die Göre doch."

Joe: „Genau so neugierig wie ihr Dad, aber die wird uns nicht gefährlich."

Brady lacht gehässig: „Nee, der musst du den Gar nicht ausmachen, Dad."

Joe: „Shhht Brady, halt die Klappe und hör mir jetzt zu. Die Sache mit Miller beschäftigt die Leute in der Firma bis heute. Sie wollen, dass da noch mal ermittelt wird. Ich muss den Laster loswerden, nicht das die da noch was von dem Waschlappen finden. Wir fahren das Ding jetzt hoch Richtung Rockys und fackeln den da ab, irgendwo in den Schluchten."

Brady: „Ok Dad. Ich fahr dir dann nach. Nimmst du die Kohle trotzdem mit?"

Joe: „Ja klar, pack mal ein paar Tausender hier in die Tasche. Ich geh schon mal zum Laster, der steht hier um die Ecke, in der Grant."

Ich sinke an der Wand der Hütte zu Boden.

Joe hat meinen Dad umgebracht. Weil er irgendetwas herausgefunden hat. Joe kam damit davon. Brady steckt mit drin. Was ist mit Mike und Kate? Könnte Mike mir so etwas verheimlichen? Ich will nur noch weg.

Ich höre die beiden leise reden, als sie um das Haus laufen, kann aber nicht verstehen, was sie sagen. Vorne startet ein Motor. Ich nutze die Chance und laufe schnell ins Haus und die Treppe hoch. Ich schleiche in Mikes Zimmer und versuche, einen klaren Gedanken zu fassen.

Leise nehme ich mir meine Kleidung und gehe ins Bad. Dort ziehe ich mich an und versuche zu überlegen, was ich als nächstes tue. Ich kann hier nicht einfach bleiben und bis morgen warten. Was soll ich dann tun? - Hey Mike, dein Dad hat meinen getötet, ich gehe jetzt zur Polizei - sagen und losgehen? Nein, ich werde jetzt einfach gehen. Ich kann hier nicht bleiben, nicht eine Minute länger!

Ich werde zur Polizei gehen und berichten, was ich gehört habe.

Ich sollte Ma anrufen. Mein Hals wird trocken. Nach allem was gestern war, kann ich Ma nicht mitten in der Nacht anrufen und erzählen, dass ich Dad´s Tod aufgeklärt habe. Ich fühle mich, wie eine Maschine, da ist keine Emotion in mir. Ich nehme meine Sachen und schaue auf Mike. Er liegt so friedlich im Bett und schläft. Tränen laufen mir über die Wangen, aber ich fühle nichts.

Leise schleiche ich mich durch den Flur und aus der Vordertür hinaus. Ich laufe ein Stück rechts die Straße hoch und wähle die 911. „Hallo, mein Name ist Moisha Miller, ich habe etwas dringendes im Fall Moritz Mi…", sage ich, als mich jemand von hinten packt, mir Mund und Augen zuhält. Mein Handy fliegt durch die Luft, landet auf dem Boden, jemand tritt mehrfach darauf und schiebt es in ein Gebüsch… als mir schwarz vor Augen wird.

Um mich herum ist es dunkel, es riecht moderig und metallisch. Mir ist kalt. Ich kann nicht erkennen, wo ich bin. Angst überkommt mich und ich fange an, heftig zu weinen und zu schluchzen. Was, wenn ich hier nie wieder heraus komme, wenn das das Ende ist.

Ich fühle über den Boden, ertaste meinen Rucksack und ziehe ihn an mich heran.

Ich umklammere ihn und kauere mich an der Wand zusammen. Ich merke, wie es heller um mich herum wird, es dämmert, der Tag bricht heran. Durch ein paar Ritzen dringt etwas Licht. Plötzlich bewegt sich der Raum, ich höre eine Autotür knallen. Da wird es mir klar.

Ich bin im Innern des Lastwagens. Ich muss hier raus!

Irgendwie muss ich flüchten, bevor sie ihn anzünden. Vorsichtig taste ich mich über den Boden, zur anderen Seite. Mein Herz klopft bis in meinen Hals, Blut rauscht in meinen Ohren. Ich fühle eine Tasche, öffne sie vorsichtig. Es ist die Geldtasche. Ich nehme ein Bündel Scheine heraus und schließe sie wieder. Das Geldbündel stopfe ich ganz unten in meinen Rucksack. Draußen höre ich Stimmen. „Du bist einfach zu blöd Brady, wie kann man denn das Benzin vergessen. Ich hab es dir doch gesagt, dass wir den Wagen abfackeln. Jetzt müssen wir bis morgen warten und irgendwann wird das Gör wach. Das ist doch nicht normal, bin ich denn nur von Flachpfeifen umgeben?"

Ich höre wie Joe um den Laster herum geht, lege mich auf den Boden und stelle mich schlafend. Die Angst dröhnt in meinen Ohren. Die Tür öffnet sich, Joe greift nach der Geldtasche, er stößt ein wütendes Brüllen aus und ich höre wie etwas Weiches gegen etwas Hartes schlägt. „Au, Dad bist du bekloppt, wofür war das denn?"

„Man Brady, wie bescheuert kann man sein, du kannst die Kohle doch nicht bei dem Balg lassen, sie hätte aufwachen können und sonstwas damit mchen können. Was stimmt denn mit dir nicht, Junge?" Joe entfernt sich, Brady steigt in den Wagen. „Du Dad, ich glaub, die ist schon tot. Die bewegt sich ja kein bisschen." „Keine Ahnung, gib ihr noch eine Dröhnung Chloroform, zur Sicherheit und dann bewachst du hier die Karre, ich muss zur Firma. Wenn es dunkel wird, komm ich zurück und wir brennen die Kiste ab.", sagt Joe und ich höre, wie er das Auto anlässt und los fährt. Brady verlässt den Laster. Ich weiß nicht, wie weit er weg ist und habe Angst, jetzt zu flüchten. Er kommt schnell wieder, mit einem Tuch. Ich atme nicht, als er es mir hinhält. Es kostet mich Mühe, ich habe das Gefühl, husten zu müssen, aber ich halte es aus. Als er den Laster wieder verlässt, atme ich tief ein und aus. Nach einer Weile öffne ich leise meinen Rucksack und hole die kleine Wasserflasche raus, trinke einen großen Schluck. Dann bleibe ich sitzen. Ich weiß nicht, wie viel Zeit vergangen ist. Ich höre, dass im Führerhaus jemand schnarcht. Das ist meine Chance, Brady ist eingeschlafen. Leise krieche ich zur Lastwagentür. Sie ist von außen mit einem Haken gesichert, darunter ist ein Schlitz. Ich wühle in meinem Rucksack, finde einen Kamm und schiebe ihn in den Schlitz. Leise klopfe ich gegen den Haken und hoffe, dass er nicht mit einem Schloss gesichert ist. Brady´s Schnarchen bleibt gleichmäßig.

Meine Hände sind schweißnass, der Kamm rutscht mir fast aus den Fingern, doch ich bleibe hartnäckig. Es ist schwer, leise den Haken weiter zu lösen und es dauert endlos lange. Kurz bevor ich vor Verzweiflung weinend abbreche, springt die Tür auf, sie knatscht laut. Ich sammle mich kurz, schnappe meinen Rucksack, springe aus dem Wagen und renne los. Meine Beine sind fast taub, der Rest meines Körpers brennt wie Feuer, aber ich höre nicht auf zu laufen.

Ich bin in einem Wald, rechts von mir sehe ich Industrietürme, links noch mehr Wald. Ich laufe einfach weiter, bis mir die Luft weg bleibt.

Als ich nicht mehr kann, verstecke ich mich hinter einem großen Baumstumpf und setze mich auf den Boden. Ich trinke einen kleinen Schluck aus der Wasserflasche und nehme das Geldbündel in die Hand. Es sind 1000$ in 10er-Scheinen. Ich ziehe ein paar aus dem Bündel, stecke sie in mein Portmonee. Das restliche Geld verstecke ich im unteren Teil des Rucksacks, in einem Reisverschlussfach. Zuvor umwickle ich es mit einem T-Shirt.

Ich schaue mich vorsichtig um, Brady scheint mir nicht gefolgt zu ein. Da rechts nur das Industriegelände zu sehen ist, schlage ich den Weg nach links ein.

Nach einer ganzen Zeit komme ich an eine Straße. Etwas abseits, im Schutz der Bäume, folge ich ihr. Jedes Mal, wenn ein Auto oder Lastwagen vorbei fährt, verstecke ich mich panisch.

Ich weine pausenlos, mein Gesicht brennt, ist schmutzig und rot, meine Hände sind schwarz. Meine Füße können mich kaum noch tragen. Mein Kopf ist wie leergefegt. Ich begreife nicht, was geschieht. Vor mir tauchen Häuser auf. Nach einer Weile passiere ich das Ortseingangsschild.

Ich bin in Ingard. Kleine Häuser stehen rechts und links. Ich gehe zum Ersten und schelle an. Eine alte Dame öffnet mir und erschrickt. „Mädchen, was ist denn mit dir passiert? George! George!", ruft sie in den Raum. „Hi, Mrs.", ich schaue auf die Klingel „Mrs. Gershwin. Ich heiße Miranda. Miranda Jenkins. Ich bin auf der Durchreise und bin vorhin gestürzt und jetzt ganz dreckig. Dürfte ich einmal ihr Bad benutzen?", sage ich so ruhig und gefasst wie möglich. Hinter Mrs. Gershwin kommt ein alter Mann hervor. „Ja, komm rein Kindchen. Ellie, hast du noch was von der Suppe von gestern? Gib sie dem Kind.", sagt er brummig und geht wieder. „Och Kindchen, natürlich, komm herein.", sagt die alte Dame und nimmt mich mit ins Haus, führt mich zum Bad. Ich schließe hinter mir ab, atme tief durch. „Benutz' ruhig die Dusche!", ruft Mrs. Gershwin hinter mir her. Ich ziehe meine Kleidung aus, schalte die Brause ein.

Ich dusche lange und heiß, versuche vergeblich, diese grausamen Stunden von mir abzuwaschen. Es gelingt mir nicht.

Als ich wieder in den Wohnraum komme, fliegt Frau Gershwin mir entgegen. „Iss etwas Suppe Kind, wie weit ist denn deine Reise noch? Es wird bald dunkel." Es wird bald dunkel? Ich suche nach einer Uhr. Es ist fast 18 Uhr. „Ich muss nach Caldwell. Dort trifft sich morgen meine Reisegruppe.", sage ich ruhig. „George, können wir die Kleine nach Caldwell bringen? Das schafft sie doch nicht bis morgen!", ruft sie in Mr. Gershwin´s Richtung. „Wir müssen eh einkaufen, wir fahren sie hin.", brummt er.

Ich bedanke mich mehrfach bei Ihnen. Von Caldwell fährt ein Bus nach Middleton. Ich muss zu Ma, ich will nach Hause. Da bin ich in Sicherheit und kann ihr erzählen, was passiert ist.

Joe wird dafür büßen.

„Miranda? Möchtest du noch was?", fragt Mrs. Gershwin eindringlich. „Oh, entschuldigen sie. Nein Danke. Ich bin sehr müde." Sie räumt den Tisch ab. Ihre kräftige Suppe und das Brot haben mir gut getan. Ich trinke das Wasser aus, das sie mir hingestellt hat. Dann brechen wir auf.

Als wir in Caldwell ankommen, möchte ich ihnen etwas Geld geben. Sie wollen es nicht annehmen, sodass ich es heimlich hinten im Auto verstecke. Am Happy Day Transit Center ist wenig los, ich nehme die 44 nach Middleton.

Die Fahrt über hoffe ich, dass mich niemand sieht, den ich kenne.

Als ich in die Nähe unseres Hauses komme, sehe ich Kate´s Wagen vor unserer Tür. Mein Bauch sagt mir, nicht direkt ins Haus zu gehen, ich schleiche um das Haus herum, spähe durch ein Fenster. Ich kann bis in die Küche schauen. Dort sitzen Ma und Mike, er hält ihre Hand, sie streichelt sein Gesicht, sie weint. Mike´s Schultern beben. - Ich bin hier - möchte ich rufen. Doch ich sage nichts, gehe weiter ums Haus, bis ich Kate sehe. Sonst ist da niemand. Erleichtert atme ich auf und mache mich auf den Weg nach vorne, als Bradys Auto vor dem Haus hält, ich laufe hinter das Haus, zurück zum Wohnzimmerfenster. „Nichts! Wir haben alles abgesucht. Sie ist verschwunden.", sagt Brady schroff zu Ma.

Dieser Heuchler, Tränen strömen über mein Gesicht. Als ob er mich suchen würde, um mich zurück zu Ma zu bringen.

Kate und Mike gehen zur Tür. Sobald sie weg sind, kann ich zu Ma gehen. Doch auch Ma nimmt ihre Tasche. Kate nimmt sie in den Arm und führt sie zum Auto, Mike ist verschwunden. „Wir stehen das gemeinsam durch, Kisha. Alles wird gut, Joe und Brady werden sie finden.", sagt Kate beruhigend zu Ma, Ma schluchzt hilflos. Joe und Brady? Sie werden mich umbringen, wenn sie mich finden. Ich will nicht, dass Ma geht, doch hilflos muss ich zusehen. Mike kommt ihnen nach, er hält etwas in der Hand.

Alle steigen in die Autos und fahren weg. Ich sitze allein hinter dem Haus und bin ratlos. Sie denken, ich bin weggelaufen. Sie denken, dass Brady und Joe mich finden und zurück bringen. Niemand wird mich suchen von ihnen… und ich kann nicht zurück, weil ich es nicht überleben würde. Ich kann nicht in die Nähe des Jameson-Hauses gehen. Ich kann aber auch nicht unbemerkt hier bleiben, bis Ma zurückkehrt. Ich fasse einen Entschluss.

Leise und vorsichtig klettere ich rauf zu meinem Zimmerfenster. Ich steige ein und suche noch ein paar Sachen zusammen. Dann gehe ich vorsichtig unten in die Küche und schreibe mir Ma´s Handynummer aus dem Kalender ab. Den Zettel stecke ich zu dem Geld, ganz unten in den Rucksack.

Ich nehme mir Ma´s Tablet und suche nach einer Busverbindung. Da ich so weit wie möglich weg will, suche ich mir New York aus. Ma hat dort ein paar Bekannte, die mit den Jameson´s nichts zu tun haben, vielleicht kann ich da unter kommen. Ich schreibe mir den Namen und die Adresse auf: Erica und Greg Coldish, Cranberry Str. 51, 11201 NY.

New York ist weit weg, da bin ich sicher und Joe wird mich nicht finden. Unterwegs werde ich mir ein Handy kaufen, damit ich Ma anrufen kann. Alles wird gut werden. Ich packe alles Wichtige in den Rucksack.

Ich überlege kurz, ob ich die Nacht hier verbringen sollte, entschließe mich aber dazu, direkt nach Nampa zu fahren, um von dort am Morgen den Greyhound Bus zu nehmen. Es ist zu riskant, falls sie zurückkommen, weil sie vermuten, dass ich früher oder später hier auftauchen würde. Ich klettere wieder aus dem Fenster und schleiche mich vom Haus weg.

Die Busfahrt nach Nampa dauert 1 ½ Stunden. Dort angekommen buche ich mir ein Zimmer im Sleep INN und lege mich in das Bett. Glücklicherweise gibt es einen Weckdienst, ich beauftrage diesen, mich um 7 Uhr zu wecken und rolle mich im Bett zusammen.

Alles, was in den letzten 24 Stunden geschehen ist, zieht wie ein Film an mir vorbei. Ein Horrorfilm mit mir in der Hauptrolle. Morgens in der Schule hatte ich noch geglaubt, viel schlimmer könnte es nicht mehr werden. Doch es konnte, es wurde. Ich weine, heftig, zwischendurch laufe ich zur Toilette und übergebe mich. Ich will aufwachen aus diesem Alptraum. Gestern war mein größtes Problem, das mein Freund weit weg zieht und ich zu Hause bleiben müsste. Jetzt hatte ich weder einen Freund, noch ein zu Hause, noch ein Leben. Erschöpft falle ich irgendwann in einen unruhigen Schlaf.

In meinen Träumen werde ich verfolgt, sehe ich einen Laster einen Menschen überfahren, höre ich Ma schreien als Dad stirbt, schluchzen als sie meinen Bruder verliert, hilflos zittern als ich nicht nach Hause komme. Ich sehe Mike, der die Hand nach mir austreckt und sobald ich sie ergreife, ist es Brady, der fies lacht und mir den Hals zudrückt.

Schweißnass wache ich vom Weckruf auf. Ich bin allein, in einem Hotelzimmer, das Bett ist total zerwühlt. Ich versuche mich zu sammeln, unterdrücke die Tränen, schlucke den Klos im Hals herunter und gehe duschen. Danach packe ich alles zusammen, kaufe im Supermarkt noch Wasser und ein paar Kleinigkeiten und gehe zur Greyhoundstation.

Nicht eine Minute habe ich daran gedacht, dass ich einen Ausweis brauche, dass man mich anhand meines Ausweises ausfindig machen kann und das ich noch nicht volljährig bin.

Weinend stehe ich am Schalter. Der Mann dahinter hat Mitleid. Ich erzähle ihm, dass ich im Hotel bestohlen worden bin und jetzt nur noch das Geld für die Fahrkarte habe, weil es nicht im Portmonee war. Das ich zu meiner Familie nach New York müsste, weil mein Vater im Sterben liegt und ich jetzt völlig verzweifelt bin. Er gibt mir die Fahrkarte nach New York, druckt meinen Namen darauf. Moisha Jenkins.

8

Die Fahrt nach New York dauert drei Tage.

Ich habe viel Zeit um mir zu überlegen, was ich tun will, wenn ich in New York bin.

Mit jeder Stunde fühle ich mich etwas sicherer, aber gleichzeitig auch leerer, einsamer, hilfloser und trauriger. Ich bin gerade 16 Jahre alt, hatte bis vor ein paar Wochen ein ganz normales Leben und habe jetzt nicht einmal mehr eine Identität. Alle die ich liebe, habe ich verloren, alle die mich lieben, haben mich verloren.

Wie muss es meiner Mutter gehen? Sie wird denken, sie sei schuld daran, dass ich weg gelaufen bin.

Mike, was wird er denken?

Werden Joe und Brady jemals aufhören, mich zu suchen? Wo ich doch weiß, was Joe getan hat und was er mir angetan hat? Ich werde niemals Ruhe haben. Sie werden niemals Ruhe haben. Aber wird man mir glauben?

Wer glaubt einem Menschen ohne Identität?

Ich kann mich ja nicht einmal ausweisen.

Wenn ich zur Polizei gehe, stecken sie mich in die Klapse oder ins Gefängnis oder sie bringen mich zurück.

In Salt Lake City haben wir einen langen Aufenthalt. Ich gehe zuerst zur Toilette und mache mich frisch, dann gehe ich in das Restaurant.

Da alle Tische besetzt sind, setze ich mich zu einem älteren Mann. „Hey Gurl, wassup?", fragt er mich. Ich lächle ihn an.

„Alles ok so weit. Weite Reise und sie?" „Bin Ok. Hab vorhin gesehen, wie du deinen Ausweis in den Händen gedreht hast. Brauchst du einen neuen?", ich erschrecke. „Ehm, wie... woher... Nein natürlich nicht.", sage ich erschrocken. Er lacht kehlig und laut. „Schon gut Gurl, jeder von uns muss mal jemand anderes sein. Für 250$ lass ich dich sein, wer du willst.", sagt er und zwinkert. Ich atme tief ein. Was habe ich schon zu verlieren. „Ok, ich bin Moisha Jenkins geboren vor 19 Jahren in Wisconsin.", sage ich entschlossen. Jenkins ist Ma´s Mädchenname und der erste, der mir einfiel, als ich das Ticket gekauft habe. „Geht klar Puppe, gib mir den Lappen!", sagt er, nimmt meinen Ausweis, den ich ihm hinhalte und verschwindet damit. Ich esse verdutzt mein Essen. Nach ca. 20 Minuten ist er wieder da. Er schiebt mir meinen Ausweis zu. Nun bin ich Moisha Jenkins aus Wiconsin. 19 Jahre alt. Ich gebe ihm 250$. „Gern geschehen!", sagt er und geht, bevor ich Danke sagen kann.

Mittwochmorgen erreiche ich Port Authority, NYC.

Ich fahre direkt nach Brooklyn und gehe zu der Adresse der Coldishs. Das Haus ist leer. Niemand wohnt hier. Ich setze mich auf die kleine Veranda. Meine Hoffnung, jemanden zu haben, der mir hilft, wo ich Ma anrufen kann und alles gut wird, ist zerplatzt.

Ich gehe um das Haus herum, hinten lässt sich die Tür öffnen. Ich war als kleines Mädchen einmal hier. Ich gehe durch das Haus. Es ist leer, kein Möbelstück. Es sieht so aus, als sei es schon eine ganze Weile leer. Ich gehe wieder hinaus.

Am Nachbarhaus klopfe ich an die Tür. Eine junge Frau öffnet. „Hey, ich bin Mrs. Jenkins, ich interessiere mich für das Haus nebenan, wissen sie wo ich da jemanden erreichen kann?", frage ich, um heraus zu finden, wer dafür verantwortlich ist. „Das Haus steht schon sehr lange leer. Es gehört wohl einer Familie, die jetzt in Canada lebt, aber es ist seitdem unbewohnt. Da war mal ein Makler, aber für eine Familie ist es zu klein, es ging nicht weg. Vielleicht haben sie hier vorne beim Immobilienbüro Glück. Es ist am Ende der Straße in dem Wohnhaus.", sagt die Frau und lächelt. „Danke.", sage ich und gehe die Straße hinunter.

In dem Büro sitzt ein kleiner, untersetzter Mann. Ich erkläre ihm mein Anliegen und er berichtet mir, dass die Coldishs vor vier Jahren nach Canada gezogen sind. Das Haus ist seitdem leer, da es so klein ist. Er bietet es mir für eine monatliche Miete von 800$ an, mit Heizung und Strom.

Ich sage ihm, dass ich mich nochmal bei ihm melden würde, da ich gerade erst nach NYC gekommen bin und erstmal Fuß fassen müsse. Er gibt mir das Exposé des Hauses, wo er noch etwas drauf schreibt und ich stecke es in die Tasche.

Mit der Bahn fahre ich zurück nach Manhattan. In einer Nebenstraße des Times Square entdecke ich ein Hotel, das Carter´s.

Ich gehe rein, es sieht schäbig aus, verwohnt. Der Herr an der Rezeption ist jung. Ich erkläre ihm, dass ich ein Zimmer bräuchte, für längere Zeit. Er macht mir ein Angebot, gibt mir das kleinste Zimmer, dass sie haben, für 100§ die Woche und dafür, dass ich zweimal die Woche in der Putzkolonne aushelfe. So bleiben mir gerade mal drei Wochen, um einen Job und eine Bleibe zu finden. Aber es ist besser als nichts.

Der Portier bringt mich zu meinem Zimmer, ich kann über die Häuser auf den Hudson River schauen. Das Zimmer ist sehr schmal und klein. Es steht ein Einzelbett längs an der Wand, daneben ein Nachttisch. Weiter zur Tür steht ein kleiner Tisch mit einem Stuhl. Das Bad besteht aus einer Toilette und einer kleinen Duschtasse.

Immerhin habe ich eine Bleibe.

In der Wand ist ein Safe, wo ich das Geld einschließe. Dann gehe ich mit einem Teil davon zur Bahnstation und kaufe mir ein Monatsticket, sodass ich mobil bin und ein Prepaid-Handy.

Als ich zurück zum Carter´s laufe, ist es bereits dunkel, der Times Square ist hell erleuchtet und es ist das erste Mal, das ich etwas anderes empfinde als Leere und Schmerz.

Mein Herz macht einen kleinen Hüpfer und ich schaue in die Lichter der Billboards. Das hier ist jetzt mein neues Leben, ich muss mir ein neues Leben erschaffen. Ich darf nicht zurück sehen, ich muss kämpfen, um eines Tages alles aufzuklären. Ich werde es schaffen. Schon bald. Ich werde sie alle wieder sehen, wir werden zusammen sein.

In den Bussen habe ich nicht eine Nacht richtig geschlafen. Die letzten vier Tage kommen mir wie Jahre vor. Durch die Zeitverschiebung und die lange Reise weiß mein Körper nicht mehr, welche Tageszeit es ist. Ich traue mich noch nicht, mich bei Ma zu melden. Ich habe zu viel Angst, dass ihr etwas zustößt, weil Joe denken könnte, sie wüsste ebenfalls Bescheid. Unruhig liege ich im Bett, schlafe irgendwann ein.

Die nächsten Tage verbringe ich damit, im Hotel beim sauber machen zu helfen, New York zu erkunden und nach Jobs Ausschau zu halten.

Als ich am Marriott vorbei gehe und mich ein Ticketverkäufer anspricht, fällt mein Blick auf ein Plakat in der Scheibe. „Wir suchen dich! Engagierte junge Frau, für Roomservice. Full-Time. Mit Krankenversicherung."

Ich wimmle den Tickettypen ab und gehe in das Hotel. Am Empfang steht eine junge Frau, sie sieht arrogant aus. „Entschuldigen sie, wo kann ich mich für die ausgeschriebene Stelle bewerben?"

„Ach, da müssen sie zum Boss ins Büro, der ist erst morgen früh wieder da. Ab acht.", sagt sie gelangweilt und kontrolliert ihre Nägel. „Danke.", sage ich und gehe raus. Draußen schaue ich auf das Schild, wie der Name des Chefs ist. Mr. Capoty.

Ich beschließe, mich bei H&M umzusehen, ob es ein nettes Outfit gibt und mich morgen früh dort zu bewerben. Was hab ich schon zu verlieren? Ich habe Glück und bekomme im Ausverkauf einen Rock und eine Bluse für unter zehn Dollar. In meinem Zimmer lege ich mir alles zurecht und gehe ins Bett.

Mein Wecker weckt mich um 6 Uhr.

Ich gehe duschen und mache mich zurecht, ziehe die neuen Sachen an, stecke mir die Haare hoch und lege Lippenstift auf. Ich sehe um Jahre gealtert aus. Jackie am Empfang, macht große Augen, als ich so in die Halle komme. „Wow, Moisha, du siehst Hammer aus, was hast du so früh vor?", fragt sie und lacht. „Bewerbungsgespräch.", sage ich. Sie gibt mir einen Bagel. „Hier, für dich." „Danke, drück mir die Daumen, ja?" Sie nickt.

Ich laufe zum Marriott, es ist zehn vor acht. „Guten Morgen, mein Name ist Jenkins, ich bin auf der Suche nach Mr. Capoty.", sage ich zu dem jungen Mann am Empfang. „Ja, dann kommen sie mal mit, junge Dame. Ich bin Mr. Capoty.", sagt er und reicht mir die Hand.

Ich begrüße ihn ebenfalls freundlich und folge ihm. Er sieht gut aus, scheint noch sehr jung zu sein.

In seinem Büro bietet er mir einen Platz an und setzt sich, mir gegenüber, in einen Sessel.

„Ms. Jenkins. Haben sie ein Bewerbungsschreiben dabei?" Ich muss schlucken. „Tut mir leid, Mr. Capoty, das habe ich leider nicht. Ich bin erst seit kurzem in der Stadt." Ich erzähle ihm die bewegende Geschichte von Moisha Jenkins, die als Vollwaise aus Wisconsin, mit den Ersparnissen ihrer verstorbenen Eltern in die große Stadt kam, um ein neues, besseres Leben zu beginnen, nun fast pleite ist und diesen Job, mehr als dringend, benötigt. Mr. Capoty grinst mich an.

Ich befürchte, es hat ihn kein bisschen überzeugt.

Während ich verzweifelt nach einem Hinweis in seinem Gesicht suche, setzt er an. „Nun, ich habe auch keine Eltern mehr, meine Großmutter zog mich auf. Sie war wohlhabend und leitete mehrere Hotels in ihrem Leben. Ich hab es in der Wiege gehabt. Sie müssen dafür kämpfen und das tun sic, Moisha. Das imponiert mir sehr. Sie können heute und morgen Probearbeiten. Sollte alles glatt gehen, können sie am Montag ihren Vertrag unterschreiben und anfangen.", sagt er lächelnd. Ich sehe ihn verdutzt an. „Danke, Mr. Capoty. Danke für die Chance.", sage ich und reiche ihm die Hand. Er nimmt sie, küsst meinen Handrücken und begleitet mich zur Tür. „Mrs. Scott, in der Kammer unten, wird ihnen alles erklären.", sagt er und ich gehe in die Richtung, die er mir weist. Ich fühle mich schlecht.

Er hat mir geglaubt und ich habe ihn belogen. Wenn er wüsste, dass ich ein 16jähriges Mädchen bin, das nicht nach Hause kann, weil es für tot gehalten wird... ich blinzle die Tränen weg und gehe hinunter in den Keller zur Wäschekammer.

Mrs. Scott ist eine dicke, ältere, afroamerikanische Dame, mit einem großen Herzen. Sie gibt mir Arbeitskleidung, zeigt mir, was ich zu tun habe. Da ich mich gut anstelle, übergibt sie mir schnell Zimmer, sodass wir sehr schnell fertig sind mit der Arbeit.

Während den Schichten bekommen wir eine Mahlzeit. Wir sitzen gemeinsam unten in der Wäschekammer, an einem großen Tisch. Mama Scott, wie sie hier alle nennen, erzählt aus ihrer Jugend und wir lachen und haben Spaß.

Der Arbeitstag vergeht schnell, obwohl wir viel zu tun haben, schaffen wir alles.

„Du bist toll Mädchen, gut gemacht. Musst du auch nach Brooklyn? Ich fahre mit der Bahn.", fragt sie mich. „Danke, Mama Scott. Nein, ich wohne noch hier im Carter´s.", sage ich. Sie macht große Augen. „Soso, ein Kind mit Geschichte was. Naja, ich wohne in den Brooklyn Heights. Hab noch ein Stück vor mir. Bis morgen."

Als ich in meinem Zimmer im Hotel ankomme, bin ich geschafft, aber hoffnungsvoll. Es hat Spaß gemacht, im Hotel zu arbeiten.

Auch wenn es wirklich anstrengend war. Sie waren alle, wie eine große Familie.

Eine Familie.

Ich nehme mein Handy in die Hand, suche aus dem Safe Ma´s Nummer. Ängstlich halte ich es ans Ohr, doch es kommt die Bandansage, dass der Anrufer nicht zu erreichen ist. Enttäuscht lege ich auf und fange an zu weinen. Was ist eigentlich aus meinem Leben geworden?

Vor vier Monaten war es noch da, jetzt suche ich es vergeblich. Ich weiß nicht, was ich noch tun soll, wenn ich den Job kriege, bekomme ich nicht früh genug Lohn, um das Zimmer weiter zu bezahlen. Ich kann auch nicht ewig in einem Hotelzimmer wohnen. Ich bin 16, einsam und allein und weiß nicht, wie es weiter gehen soll. Ich bin nicht einmal mehr in meinem Ausweis ich selbst. Ich kann doch so nicht zur Polizei gehen, um den Tod meines Vaters aufzuklären. Sie kontrollieren mich, stellen fest, dass mein Ausweis gefälscht ist und ich wandere hinter Gittern. Nicht Joe. Er wird dann rausfinden, dass ich lebe und mich verfolgen. Ich habe keine Chance. Ich muss Ma erreichen und es ihr erklären. Sie muss herkommen. Ma wird kommen und mich abholen, wir klären alles auf und es wird alles gut werden. Mit diesem Gedanken schlafe ich ein.

Auch mein zweiter Probetag läuft gut und ich bekomme die Stelle.

Am Wochenende treffe ich mich mit Jackie, der Empfangsdame vom Carter´s, die mittlerweile meine Freundin geworden ist. Wir gehen im Central Park spazieren. Sie möchte ein Eis essen gehen, doch mein Geld ist zu knapp.

Ich muss mir ein paar Shirts und eine Hose kaufen, da ich nicht immer dasselbe tragen kann. Dafür brauche ich mindestens 25$, im Safe sind noch ungefähr 100$. Ich muss auch noch etwas essen und eine Bleibe finden. Ich schiebe den Gedanken weg, Jackie bemerkt, dass ich mich unwohl fühle, zuzugeben, dass ich kein Geld habe. Sie kauft mir ein Eis. Ich komme mir blöd vor und bedanke mich tausend Mal bei ihr.

Die nächsten zwei Wochen vergehen wie im Flug. Jeden Abend versuche ich, Ma zu erreichen, doch ihr Handy ist abgeschaltet.

Auf der Arbeit habe ich mich gut eingefunden. Mama Scott kümmert sich um mich.

Im Hotel helfe ich immer noch zwei Mal die Woche, es ist anstrengend und abends falle ich meist wie tot ins Bett. So komme ich kaum dazu, mir Sorgen zu machen. Das macht es leichter.

Trotzdem brauche ich in vier Tagen eine neue Bleibe oder etwas Geld, um im Hotel bleiben zu können. Jackie will mir helfen, aber wir finden keine Lösung. Mama Scott fragt mich kurz vor Ende der Freitagschicht, was los ist.

„Ich merke doch, dass dich etwas beschäftigt. Erzähl es mir, Mädchen.", sagt sie lieb und streichelt meine Schulter. Ich will ehrlich zu ihr sein. „Mein Geld ist fast aufgebraucht und in vier Tagen muss ich das Hotel neu bezahlen um dort bleiben zu können.", sage ich und mir steigen Tränen in die Augen.

Schon seit Tagen quälen mich Bauchschmerzen und Übelkeit. Mir wird übel, ich laufe zur Toilette und übergebe mich. Häufig ist die einzige Mahlzeit am Tag, das Essen während der Arbeit. Mein Magen rebelliert. Ich spüle mir den Mund aus und gehe zu Mama Scott zurück.

„Mädchen, du brauchst ein zu Hause für dich und dein Baby.", sagt sie. Ich starre sie an, weiß nicht, was sie damit sagen will. „Für mich und mein Baby? Ich bin doch allein.", sage ich.

„Ach Herzchen, ich habe vier Kinder geboren, ich weiß wie man sich verändert, wenn man schwanger ist. Wie weit bist du?" Ich bin sprachlos. Was meint sie denn damit? Ich bin doch nicht schwanger. Ich habe alles verloren, ich bin ein Kind und ganz allein und habe bald keine Bleibe mehr, aber nicht schwanger. „Ich bin nicht schwanger. Ich bin verzweifelt und habe kein Geld mehr, um ordentlich zu essen.", antworte ich ihr. „Du weißt es nicht? Ich denke du solltest einen Test machen. Du kannst erstmal bei mir unterkommen. Ich habe zwei freie Zimmer in meinem Haus, von meinen Söhnen.", sagt sie.

Ich lächle sie an. „Meinst du das ernst? Ich kann bei dir wohnen? Aber ich kann dir erst Miete zahlen, wenn ich meinen Lohn bekommen habe. Und was ist, wenn deine Söhne zurückkommen?", frage ich, weil ich mein Glück kaum fassen kann. „Kind, meine Söhne kommen nicht wieder. Jordan ist seit fünf Jahren tot, Cameron ist verheiratet.", sagt sie und nimmt mich in den Arm. „Das, das tut mir leid, Mama Scott."

„Das muss es nicht. Jordan hat seinen Lebensweg selbst gewählt, die Drogen haben ihn umgebracht. Er wurde nur 17 Jahre alt.", sagt sie traurig. „Aber du kannst ein Zimmer haben, kannst bei mir leben, bis du was eigenes hast. Dann bin ich auch nicht mehr so einsam.", sagt sie hoffnungsvoll. Ich bin geschockt, drücke sie fest. „Danke, Mama Scott, du rettest mir das Leben.", sage ich leise und weine. „Du machst einen Test, heute noch!", befiehlt sie. „Ja, aber...", sage ich. Sie unterbricht mich mit einem erhobenen Finger und ich schweige.

Ich gehe nach der Arbeit zu Duane Reade, hole mir einen Schwangerschaftstest, bevor ich ins Hotel gehe. Mama Scott hat mich beunruhigt.

In meinem Zimmer sitze ich lange auf dem Bett und starre den Test an. Dann packe ich ihn vorsichtig aus und gehe zur Toilette. Ich lasse den Test in der Dusche liegen und gehe ins Zimmer. Die drei Minuten Wartezeit kommen mir wie eine Ewigkeit vor. Ich versuche Ma anzurufen. Wieder die Bandansage.

Ich breche in Tränen aus. Ich kann Ma nicht erreichen, ich weiß nicht was ich tun soll, um ihr zu sagen, dass alles gut ist. Im Telefonbuch habe ich versucht, unsere Festnetznummer zu finden, sie steht nirgendwo drin. Ich kann ihr nicht schreiben, da Joe es in die Finger kriegen könnte und dann sieht, dass der Brief aus New York stammt. Angst überkommt mich. Ich hatte immer noch die Hoffnung, ich würde Ma erreichen und könnte ihr alles erzählen.

Nachdem ich mich etwas beruhigt habe, gehe ich ins Bad und schaue auf den Test. Mir wird schwindelig, ich setze mich auf den Boden und weine laut, vor lauter Verzweiflung. Alles bricht vor mir auseinander.

Der Test zeigt zwei Striche an.

Ich bin schwanger.

Ich kann dieses Kind nicht behalten. Ich kann dieses Kind auch nicht verlieren. Ich kann doch nicht einfach mein Kind töten. Geschweige denn einen Abbruch bezahlen oder vornehmen lassen. Ich kann nicht zu Mama Scott ziehen und weiter im Hotel arbeiten, wohin mit dem Baby? Ich muss es weg geben, sobald es auf der Welt ist. Es gibt keinen anderen Weg. Ich kann nicht mehr aufhören zu weinen. Wie schlimm kann mein Leben noch werden? Reicht es nicht langsam? Ich sitze hier, auf dem Badezimmerboden eines schmuddeligen Hotels, in einem Zimmer, dass ich nur noch vier Tage bewohnen kann. Ich habe noch 20$ und keine Zukunft und ein Baby im Bauch. Es fühlt sich an, als hätte man mir all mein Glück, mein Licht, mein Leben genommen und ich sitze nun da, in der Leere, Stille und Dunkelheit und komme nicht raus. Ich sinke immer tiefer.

Mitten in der Nacht wache ich zusammen gekauert auf dem Badezimmerboden auf. Ich friere, mühsam schleppe ich mich ins Bett, lege meine Hände auf meinen Bauch und treffe eine Entscheidung.

Alles wurde mir genommen, ich bin um ein Haar dem sicheren Tod entkommen, bin bis hier her geflohen, ohne Hilfe. Ich hab mich allein bis hier hin gekämpft und nun kämpfe ich für uns beide. Ich werde mein Kind nicht allein lassen, ich würde für ihn kämpfen, für den kleinen Menschen in meinem Bauch. So wie meine Ma mein ganzes Leben für mich gekämpft hat. Mein Leben ist jetzt vorbei. Unser Leben beginnt heute, hier und jetzt. Egal was kommt, ich werde es schaffen.

Ich werde Ma und Mike wiedersehen.

Wir werden eine Familie sein.

Ich falle in einen tiefen, traumlosen Schlaf.

9

Mein Wecker weckt mich pünktlich um 6 Uhr. Ich gehe duschen, ziehe mich an und gehe zur Arbeit.

Vor dem Marriott treffe ich Mama Scott. „Hey Girl. Was sagt dein Test?", sagt sie fröhlich.

Ich schaue sie erschrocken an. „Sag bitte nichts, ja? Ich brauche diesen Job!", antworte ich leise. Sie lächelt, drückt mich an sich. „Alles wird gut.", sagt sie leise und ich sehe eine Träne in ihrem Augenwinkel.

„Ich helfe dir, mein Mädchen.", flüstert sie mir ins Ohr. Es fühlt sich an, als würden wir uns schon ewig kennen, als wären wir verwandt. Vielleicht sind wir das, in unseren Herzen. Alle ihre Kinder sind ausgezogen, sie ist allein. Ich bin allein. Vielleicht können wir einander helfen.

Dienstag nach der Arbeit gehe ich mit Mama Scott ins Carter´s um meine Sachen abzuholen. Als wir in meinem Zimmer sind, schaut sie sich um. „Puh, da hast du ja auf kleinstem Raum gelebt.", sagt sie in Gedanken. Ich schaue mich ebenfalls um. Das hier war mein erstes zu Hause. Der erste Ort, an dem ich mich sicher gefühlt habe, seitdem ich fliehen musste.

Flucht. Wie das klingt.

Ich kann meine eigene Geschichte noch nicht wirklich fassen. Ich nehme meinen Rucksack und Mama Scott die Tasche mit meinem restlichen Hab und Gut.

Bevor ich die Tür schließe schaue ich mich noch einmal richtig im Zimmer um. Ich präge mir genau ein, wie es aussieht. Mein kleines zu Hause, weit weg von daheim. Ich spüre eine Träne über meine Wage laufen, selbst der moderige Geruch im Flur ist Teil dieses zu Hauses.

Doch jetzt habe ich jemanden an meiner Seite, der mir hilft und dem ich helfen kann.

Unwillkürlich muss ich an Ma und Mike denken. „Komm schon Kind. Wir fahren heim.", sagt Mama Scott hinter mir. Ich löse mich von dem Anblick und schließe die Tür.

Unten in der Halle treffen wir Jackie. Sie hat gerade Feierabend. „Mo, jetzt verlässt du mich.", sagt sie und lacht. Sie nimmt mich in den Arm. „Du bist immer willkommen hier bei uns, lass dich mal sehen und wir bleiben in Kontakt, ja?", sagt sie flehend. „Süße, ich ziehe nach Brooklyn, nicht nach Canada.", sage ich und wir lachen beide. Sie begrüßt Mama Scott.

Die beiden sprechen miteinander, während ich meine Schlüsselkarte abgebe und mich bei den anderen verabschiede. Jimmy küsst meinen Handrücken. „Wir hatten noch nie so eine hübsche Dauerbackpackerin hier.", sagt er und lacht laut. Ich lache mit ihm.

„Ihr werdet mir sicher fehlen. Aber ich arbeite ja in der Nähe, wir sehen uns sicher.", sage ich und gehe. Ich verabschiede mich gefühlte zehn Mal von Jackie, ehe wir das Hotel verlassen.

Mit der Bahn sind wir schnell in Brooklyn. Wir steigen an der High Street aus. Mama Scott wohnt in der Orange Street. Parallel dazu läuft die Cranberry Street, in der ich die Coldishs aufsuchen wollte. Mir fällt das Exposé ein.
Mama Scott wohnt direkt neben einer Kirche. „Mein Mann, Gott habe ihn selig, war hier Pfarrer. Ich darf hier in dem Haus bleiben. Pfarrer hinterlassen nur eine kleine Rente, deshalb arbeite ich im Hotel.", erzählt sie, während wir das Haus betreten.
Es ist ein kleines, graues Haus. Mama Scott stellt alles ab. „Oben kannst du dir ein Zimmer aussuchen, mein Reich ist hier unten. Der Dachboden hat mal meinen Mädels gehört. Aber da steht jetzt viel Kram." Ich denke an den verstorbenen Jordan. „Welches Zimmer war Cameron´s?", frage ich. Mama Scott durchschaut mich.
„Du kannst auch Jordan´s Zimmer nehmen, ich hänge nicht mehr an Dingen. Ich habe ihn in meiner Erinnerung.", sagt sie ruhig. „Aber Camerons war das rechte Zimmer, neben dem Bad.", sagt sie und zwinkert.
Ich nehme meine Sachen und gehe hoch. „Ich mache uns ein paar Burger!", ruft sie mir nach. Ich antworte ihr nicht, öffne die Tür zu Came-

ron´s Zimmer. Es ist ordentlich, an der Wand hängt ein Poster von Michael Jackson.

Das gefällt mir. Ich schaue mich um.

Es ist ein kleines Zimmer, aber viel größer als das im Hotel. Vor allem heller und viel mehr zu Hause. Ich packe meine Sachen in den Wandschrank. Dann gehe ich runter.

„Danke, Mama Scott.", sage ich und falle ihr weinend in die Arme. „Ach Mädchen, alles wird gut. Sollen wir nachher das Feuerwerk von der Brücke aus ansehen?", fragt sie. Feuerwerk? Ich sehe sie fragend an. „Heute ist der 4. Juli Schätzchen.", sagt sie und schaut mich mit großen Augen an.

„Heute ist mein 17. Geburtstag.", sage ich erschrocken. „Dein 20. Geburtstag, meinst du?", sagt sie verdattert, hält mich von sich weg und starrt mich an. Ich schlucke. „Ja, natürlich.", sage ich leise und verlegen.

„Moment mal, nein, in meinem Haus herrscht immer Ehrlichkeit. Wir setzen uns jetzt hier an den Tisch, essen unsere Burger, trinken ´ne Dr. Pepper und du erzählst mir mal, wer du wirklich bist!", sagt sie bestimmt.

Mein Herz klopft wie wild.

Ich setze mich hin, nehme mir einen Burger, belege ihn und beiße rein. Ich habe endlos lange nicht mehr so etwas Gutes gegessen.

„Es tut mir leid Emma, dass ich dich belogen habe, dass ich alle belogen habe.", sage ich, als mein Mund leer ist und fange an zu schluchzen.

Sie streichelt meine Schulter und nickt mir aufmunternd zu.

Ich erzähle ihr meine ganze Geschichte.

Sie weint währenddessen, schüttelt den Kopf, schlägt die Hand vor den Mund. Als ich fertig bin, ist es dämmrig draußen. Es ist nach neun. Wir brauchen beide Taschentücher.

Mama Scott steht auf, kniet sich neben meinen Stuhl, drückt mich an sich. „Kind, mach' dir keine Gedanken, ich pass auf dich auf. Auf euch beide.", sagt sie und legt eine Hand auf meinen Bauch. Wir halten uns lange in den Armen. Langsam wird mir bewusst, wie viel Glück ich habe, dass ich Emma kennen gelernt habe. Ich flüstere ihr ein Danke ins Ohr. Sie schüttelt nur den Kopf.

Wir essen schweigend zu Ende, räumen gemeinsam auf und gehen zur Brücke.

Es sind viele Menschen da. Die Polizei sperrt alles ab. Emma und ich stellen uns etwas Abseits. Als das Feuerwerk losgeht, nimmt Emma meine Hand. Sie flüstert mir „Happy Birthday" ins Ohr. Meine Augen füllen sich mit Tränen, während ich nach oben blicke.

Ich lege meine andere Hand auf meinen Bauch. Ich denke an Ma, spüre wie ich sie vermisse und eine schreckliche Ohnmacht überkommt mich. Ich werde sie wahrscheinlich niemals wieder sehen. Nie mehr ihre Stimme hören, wie sie mir Mut macht, wie sie mich streichelt und sagt, dass wir es gemeinsam schaffen werden.

Was muss sie fühlen? Sie muss denken, ich sei weg gelaufen, habe sie im Stich gelassen. Vielleicht denkt sie, ich sei tot. Ich weiß nicht, was von beidem schlimmer ist.

Ich streichle meinen Bauch, der Wind streift kühl mein nasses Gesicht.

Mike. Was muss Mike denken. Ich war einfach morgens nicht mehr da. Nicht mehr erreichbar. Vielleicht wird er niemals erfahren, dass er Vater geworden ist, dass ich noch lebe, vielleicht werde ich auch ihn niemals wieder sehen.

Es hat während des Feuerwerks angefangen zu regnen, die Leute tanzen und singen, alle sind nass. Ich stehe nur dort. Schaue nach oben. Emma streichelt meine Schulter.

„Komm Kind, wir gehen. Wir werden noch krank.", sagt sie, als das Feuerwerk vorbei ist. Wir laufen zurück zum Haus. Ich stehe irgendwie neben mir.

Zu Hause angekommen, gehe ich duschen. Als ich mich in meinem Zimmer umziehe, nehme ich mein Handy, ich rufe Ma's Nummer an.

Es kommt ein Freizeichen. „Ja, hallo?", sagt Ma, leise und traurig. „Ma?" „Moisha?", flüstert sie erschrocken. „Ma, ich lebe, mir geht's gut, ich werde dir alles erklären, such mich nicht, sag keinem was, bitte. Ich erkläre dir alles. Ich liebe dich, Ma.", sage ich und lege auf.

Ich fange laut an zu weinen, Emma kommt hoch, setzt sich zu mir. Es dauert lange, bis ich ihr berichten kann, dass ich Ma erreicht habe.

„Jetzt weiß sie, dass du lebst. Es wird ihr Mut machen, Hoffnung geben. Eines Tages kannst du es ihr erklären.", sagt sie tröstend.

Nachdem Emma schlafen gegangen ist, liege ich im Bett und schaue aus dem Fenster. Wir haben beide morgen frei, ausschlafen wird mir gut tun. Es ist so ruhig um uns herum. Im Hotel war es immer laut und durcheinander, aber es war mein Zufluchtsort. Jetzt habe ich ein zu Hause.

Einen Ort, an dem ich willkommen bin.

Sicher bin. Leben kann.

An dem wir leben können, denke ich während ich meinen Bauch streichle.

Unseren freien Tag verbringen Emma und ich damit, einen Frauenarzt zu finden, der mich untersuchen kann.

Im Wartezimmer ist es voll, wir müssen lange warten. „Mrs. Jenkins!", ruft die Schwester an der Rezeption. Ich reagiere nicht, Emma stupst mich an. „Ja! Ja ich komme.", rufe ich und springe auf.

Ich gewöhne mich einfach nicht daran, nicht mehr Miller zu heißen. Eine ältere Ärztin empfängt mich. „So, Mrs. Jenkins, oder Miss?"

„Miss." sage ich leise. „Ok. Mein Name ist Dr. Connor, ich bin ihre behandelnde Ärztin. Ist das ihre erste Schwangerschaft?", fragt sie mich. „Ja.", antworte ich ihr leise. „Sie brauchen keine Angst zu haben. Sie sind gestern 20 geworden? Herzlichen Glückwunsch.", sagt sie lächelnd.

„Danke. Ja das ist richtig.", sage ich und laufe rot an. „Nana, Mädchen. Es ist alles gut. Waren sie schon einmal bei einer gynäkologischen Untersuchung?", fragt sie mich. Ich schüttele den Kopf. „Gut, dann gehen sie mal hinter den Vorhang und ziehen sich unten herum aus, dann setzen sie sich hier auf den Stuhl.", sagt sie lieb. Ich gehe hinter den Vorhang. Mir ist übel und unwohl, ich brauche lange. Die Untersuchung ist sanft. „Es ist soweit alles ok, ziehen sie sich mal wieder an, dann machen wir einen Ultraschall. Könne sie mir ungefähr sagen, wann sie schwanger geworden sind?", fragt sie.

„Naja, ich weiß es nicht so genau, meine Blutung im Juni war nur ganz leicht. Mein Freund und ich haben mit einem Kondom verhütet.", antworte ich ihr. Beim Gedanken an Mike kommen mir die Tränen. „Ok, ihr Freund weiß Bescheid?" „Nein, wir sind nicht mehr zusammen.", sage ich, schaue weg und wische mir eine Träne von der Wange. „Na, sie sollten ihm trotzdem sagen, dass er Vater wird.", sagt sie ermunternd.

Ich nicke nur, lege mich auf die Pritsche.

Sie macht einen Ultraschall. Dort ist ein kleiner Punkt zu sehen. „Das ist ihr Baby!", sagt Dr. Connor strahlend. Ich fange an zu weinen. „Kleines, das ist ganz normal, das sind die Hormone und all die Gefühle. Freuen sie sich auf ihr Kind.", sagt sie und streichelt meine Schulter. „Sie sind ca. in der 6. Woche." fügt sie hinzu. „Danke, Dr. Connor.", sage ich nur.

Am liebsten würde ich ihr um den Hals fallen und ihr alles erzählen. Aber es sollten so wenig Menschen wie möglich Bescheid wissen.

Sie druckt mir das Ultraschallbild aus. „Hier, das schenke ich dir.", sagt sie. „Danke.", sage ich leise und streiche mit der Fingerspritze über den kleinen Punkt.

Emma wartet im Wartezimmer auf mich.

Ich zeige ihr das Bild. „Da ist er.", sage ich und zeige auf den kleinen Punkt. Emma schaut mich verdutzt an. „Er?", fragt sie und beginnt zu lachen. Ich muss mit lachen. „Ja, ich weiß man kann es noch nicht sehen, aber ich habe das Gefühl, dass es ein Junge wird.", sage ich.

„Ok, vielleicht hast du recht.", sagt sie. „Komm, wir gehen ein Eis essen.", sagt sie, als ich sie erschrocken anblicke, fügt sie hinzu „Keine Angst, ich lade dich ein, mein Kind.", und legt den Arm um mich.

Wir fahren zum Central Park. Als wir am Spielpatz vorbei kommen, sehe ich viele junge Mütter mit ihren kleinen Kindern. Ich lächle, während ich ihnen zusehe. „Du wirst eine tolle Mum, Moisha.", sagt Emma neben mir. „Darf ich eine Grandma sein?", sagt sie und lacht. „Klar Emma.", sage ich und küsse ihre Wange.

„Ohne dich wäre ich verloren.", sage ich und schaue sie an. Diese wunderbare Frau hat mir das Leben gerettet, sie hat mir ein zu Hause gegeben, Hoffnung und Kraft.

„Ach Kind, das wärst du nicht, du bist so ein starker Mensch, du hättest eine Lösung gefunden. Ohne dich wäre ich verloren, einsam und hätte keine Aufgabe mehr. Seit Jordan´s Tod und Cameron´s Auszug bin ich ganz allein in dem großen Haus. Niemand da, den ich bemuttern kann. Der Himmel hat mir dich geschickt, mit deinem Punkt im Bauch. Ich denke wir wurden uns zum Geschenk gemacht, weil der eine den anderen braucht, Moisha.", sagt sie, ernst und durchdringend, Tränen sammeln sich in ihren Augen. Sie wischt sie weg, streichelt meinen Kopf. „Nana, da bringst du die alte Frau zum Weinen.", sagt sie. Ich nehme sie in den Arm, drücke sie fest und sage nichts.

Emma erzählt von ihren Kindern. Cameron ist 24 Jahre alt, verheiratet mit Elaine und lebt in Kalifornien. Kyra ist 26 Jahre alt, lebt in New York, ist verheiratet mit Brandon Porter und hat einen zweijährigen Sohn namens Maddox. Sie kommen selten zu Besuch. Ihre älteste Tochter Valery ist 28, lebt allein in Boston und ist Chirurgin.

Am nächsten Tag fahren wir gemeinsam zur Arbeit. Emma unterstützt mich, als ich zu Mr. Capoty gehe, um ihm von meiner Schwangerschaft zu erzählen.

Sie wartet vor der Tür. „Lass dich nicht einschüchtern!", sagt sie mir, bevor ich in das Büro gehe und mich gegenüber von Mr. Capoty auf den Stuhl setze.

Ich sage ihm, dass ich schwanger bin. „Miss Jenkins, haben sie gewusst, dass sie schwanger sind, als sie sich hier bewarben? Sind sie vielleicht deshalb von zu Hause weg?", sagt er und durchdringt mich mit seinem Blick.

Mr. Capoty gilt als streng, arrogant und wenig menschlich. Zu mir war er bisher immer nett.

Ich sehe ihn an, hole tief Luft. „Mr. Capoty, ich habe nichts davon gewusst. Ich habe andere Gründe, warum ich nach New York kam. Sie kennen meine Geschichte. Nun erwarte ich ein Kind. Ich bitte sie darum, mir nicht zu kündigen. Ich arbeite gern hier, erbringe gute Leistungen. Auch als Mutter werde ich dies weiterhin tun.", sage ich selbstbewusst.

„Ok, Miss Jenkins. Sie können bleiben. Aber ich möchte nicht jede Woche einen Ausfall, weil ihnen übel ist oder später ihr Kind immer erkältet ist. Kümmern sie sich früh genug um eine Betreuung.", sagt er hart, lächelt leicht.

Ich springe auf vor Freude. „Danke, danke Mr. Capoty. Danke vielmals Sir!", rufe ich.

Am liebsten möchte ich ihn umarmen.

„Schon gut, an die Arbeit jetzt!", sagt er bestimmt, lacht etwas dabei.

Ich reiße die Tür auf, springe Emma in die Arme. „Ich kann bleiben, Mama!", sage ich und drücke sie. „Scott, an die Arbeit, haben sie nichts zu tun?", fragt Mr. Capoty von hinten gespielt streng. Emma sieht ihn böse an. „Ja doch, Sir!", sagt sie schnippisch und wir gehen den Flur entlang.

„Hast du mich gerade Mama genannt?", sagt Emma in den Raum hinein, sieht mich nicht an. Ich erschrecke. Das habe ich wirklich, es war so ein Reflex. „Ehm, ja, alle nennen dich Mama Scott, ich weiß auch nicht, es kam einfach so. Irgendwie bist du ja auch sowas wie eine Mama für mich, wo meine Ma so weit weg ist.", sage ich kleinlaut und leise. Sie drückt mich.

„Du darfst mich gern Mama nennen, Kind.", sagt sie und wischt sich eine Träne aus dem Gesicht.

10

Die nächsten Wochen läuft unser Leben ruhig ab.
Wir gehen arbeiten, essen gemeinsam.

Meine Schwangerschaft verläuft gut und ohne
Beschwerden. Allmählich sieht man einen kleinen Bauch.

Die Damen aus der Kirchengruppe, zu der ich
Emma ab und zu begleite, kümmern sich um ich,
haben Tipps. Jeder ist nett zu mir.

Ab und zu treffe ich mich mit Jackie, übernachte
wenn wir frei haben, manchmal dort.

Sie erinnert mich sehr an meine Freundinnen in
Middleton. Janie und Sandy. Sie fehlen mir.

Außerdem fehlt mir die Schule.

Ich habe mich schon erkundigt, ob es möglich ist,
einen Schulabschluss an einer Abendschule zu
machen. Da ich laut Ausweis volljährig bin, kann
ich nicht auf eine High School.

Die Abendschule kostet Geld. Ich kann es mir im
Moment nicht leisten. Aber eines Tages werde
ich es machen.

Jackie erzählt mir, dass es Förderprogramme
gibt, für junge, Alleinerziehende, die ihren
Schulabschluss nachholen wollen.

Wie das klingt, junge Alleinerziehende.

Als wäre ich Teil einer Statistik.

Ob es viele Mädchen in meiner Situation gibt?
Vielleicht sollte ich das mal herausfinden. Vielleicht hilft es ja, mit annähernd Gleichgesinnten
zu reden.

Ich verwerfe den Gedanken, als Jackie mit Eiscreme in den Raum kommt. „Kevin ist so ein Arsch.", sagt sie und wirft sich wütend neben mich auf die Couch.

„Mo überleg dir das Mal, da zieht er hier bei mir ein, macht auf große Liebe und vögelt nebenbei diese Krankenschwester!", sagt sie.

„Jackie!", schreie ich fast.

„Ist doch so. Männer sind Schweine!", sagt sie und isst einen großen Löffel Eiscreme.

Ich vermisse Mike. Es macht mich traurig, dass ich Jackie nicht die Wahrheit erzählen kann.

Eigentlich ist sie nicht mit mir, sondern mit einer Erfindung von mir befreundet.

Um meine düsteren Gedanken zu vertreiben, lache ich. „Komm, weißt du was, wir ziehen uns jetzt an und gehen raus in eine Bar oder so. Was er kann, kannst du doch schon lange. Wir suchen dir einen neuen, besseren Kevin!", sage ich und springe entschlossen auf.

„Ok… Mo, du bist schwanger.", sagt sie.

Ich lache herzhaft. „Deshalb kann ich mich nicht ein eine Bar setzen und einen jungen, hübschen, tollen Mann für meine Freundin aussuchen?", frage ich. „Doch, klar. Ok. Los geht's."

Sie springt ebenfalls auf.

Jackie braucht eine Weile, zieht gefühlte 100 Outfits an, bis sie das Richtige gefunden hat.

Dann machen wir uns auf den Weg von Queens nach Manhattan. Wir gehen in Jimmy´s Corner.

Jackie bestellt einen Malibu mit Ananassaft, ich bestelle ein Wasser.

Jimmy ist ein älterer Herr, der mit seinem Sohn die Bar führt. Wir kommen mit ihm ins Gespräch. Er ist witzig.

Nach einer Weile kommt sein Sohn dazu.

„Das ist James Jr.", sagt Jimmy stolz.

Durch ihre Namen erinnern sie mach an Jamie und Jimmy Jameson. Doch ich schiebe den Gedanken beiseite, möchte nicht an zu Hause denken.

Ich höre den dreien aufmerksam zu.

Das ist mein erster Barbesuch.

„Hey, möchtest du einen Drink?", reißt mich eine Männerstimme aus den Gedanken. Neben mir sitzt plötzlich ein großer, junger Mann. „Ich bin Kyle.", sagt er und hält mir seine Hand hin.

„Hi. Ich trinke keinen Alkohol, danke.", sage ich, während ich seine Hand schüttele.

„Ok, dann ein Wasser? Mit Zitrone und Eis?", fragt er und lächelt. Ich sehe ihn an. Er ist sehr gutaussehend, mein Bauch fühlt sich flau an, wenn er mich ansieht, mit seinen großen, bernsteinfarbenen Augen.

„Ehm, ja gern.", stammele ich.

Oh man Mo, das ist doch nicht dein Ernst? Was läuft hier gerade?

Kyle bestellt ein Wasser für mich, ein Bier für sich. „Bist du neu in New York?", fragt er.

Mir ist unwohl. Was erzählt man einem Fremden? Warum reagiere ich so auf diesen Mann?

Es fühlt sich so gut an, dass wiederum fühlt sich falsch an. Er sieht mich fragend an.

„Sorry, ja so ziemlich, bin seit Juni hier. Ach so, ich heiße Moisha.", sage ich und lächle ihn an.

„Schöner Name.", sagt Kyle und grinst.

Wir unterhalten uns über viele Dinge. Wo wir arbeiten und wie wir leben. Was wir in unserer Freizeit machen. Kyle kommt auch aus Brooklyn, studiert Biologie am College, sein Dad hat einen Reparaturservice, in dem er oft aushilft.

Die Zeit verfliegt. Jackie tippt mich an.

„Mo, kommst du mit zum Klo?", fragt sie.

Sie ist betrunken.

James Jr. sitzt grinsend an der Theke.

„Ja, klar.", sage ich, entschuldige mich bei Kyle und gehe mit ihr.

„Dieser James ist ganz schön nett.", lallt sie und sieht glücklich aus.

„Warum bist du so betrunken?", frage ich sie teils besorgt, teils belustigt.

„Er gibt einen nach dem anderen aus. Mo sorge dafür, dass ich mit dir nach Hause gehe, ja?", sagt sie und fängt an laut zu lachen.

„Jetzt zu deinem Schnuckelchen. Der ist ja mehr als heiß. Wer ist das?", fragt sie, als sie sich beruhigt hat. „Das ist Kyle, er ist sehr nett.", antworte ich und grinse. „Mo hat Schmetterlinge.", sagt sie und zwinkert mir zu.

Ich sage nichts mehr dazu.

Es tut gut, mit Kyle zu reden. Er bewirkt ein gutes Gefühl in mir.

Schmetterlinge?

Ich habe Angst, darüber nachzudenken. Ich liebe Mike. Auch wenn ich ihn vielleicht nie mehr wieder sehe. Vielleicht sollte ich dennoch in die Zukunft schauen.

Ich schiebe den Gedanken beiseite.

Wir gehen zurück in den Schankraum. Kyle sitzt an der Theke. Er unterhält sich mit James. Wir setzen uns dazu. James schaut meinen Bauch an. Er flüstert, bedingt durch den Alkohol ungeheuer laut, in Richtung Jackie, „Ist deine Freundin schwanger?".

Ich sehe ihn an, Kyle sieht mich an.

Jackie schiebt James weg. „Ja, das ist sie. Du kannst sie auch selbst fragen.", sagt sie sauer.

„Oh, ich meinte es nicht böse. Sorry Moisha.", sagt er kleinlaut, in meine Richtung.

Ich nicke nur, schaue Kyle an.

Kyle lächelt, bestellt sich eine Cola und mir ein Wasser. Ich sehe ihn von der Seite an.

Jackie lenkt vom Thema ab und erzählt eine peinliche High School Geschichte, sodass wir alle lachen müssen.

Es ist drei Uhr morgens, als wir die Bar verlassen. Kyle und James bestehen darauf, uns nach Hause zu bringen.

Es ist eine laue Septembernacht. Wir laufen zur U-Bahn, fahren gemeinsam bis Queens.

In der Bahn knutschen Jackie und James wild. Kyle und ich müssen darüber schmunzeln.

Kyle sieht mich an. Sein Blick ist weich, er streicht mit den Fingerspitzen über meinen Arm. „Wo ist der Daddy deines Babys?", fragt er leise. Ich schaue ihn an, meine Augen füllen sich mit Tränen. „Er ist tot.", flüstere ich, selbst überrascht von dieser Aussage. Obwohl es das am ehesten trifft. Für mich ist er so unerreichbar, als wäre er tot. In einer anderen Welt als ich, nicht mehr da.

Kyle greift nach meiner Hand und hält sie fest. Er sagt nichts.

Wir bleiben so sitzen, bis die Bahn hält.

„Hey ihr Turteltauben, aussteigen.", sagt Kyle zu James und Jackie, als wir austeigen müssen.

Die beiden lösen sich voneinander und folgen uns. Jackie kommt zu mir. „Hey Mo, ich weiß ich hab gesagt, sieh zu, dass ich mit dir nach Hause gehe, aber wäre es ok für dich, wenn James auch mit kommt?", fragt Jackie.

Sie ist so süß, betrunken und verknallt.

„Weißt du Jackie, ich fahr dann zu mir nach Hause, ich hol nur eben meine Sachen von oben ok?", antworte ich. „Geht klar.", sagt sie und gluckst.

Kyle begleitet mich zu Jackie, ich hole meine Tasche und wir machen uns auf den Weg nach Brooklyn.

Es dämmert schon fast, die Luft ist kühl.

Kyle legt mir seine Jacke um.

Ich bin so müde, dass ich es kaum erwarten kann, zu Hause zu sein.

Als wir vor dem Haus ankommen, gebe ich Kyle seine Jacke zurück. Er lächelt.

„Hier wohnst du also? Gar nicht so weit von mir.", sagt er und lacht. „Ach echt? Wo wohnst du denn?" frage ich. „Ungefähr zwei Blocks weiter runter, Willow Street.", sagt er.

Meine Augen leuchten auf. „Das ist ja toll.", sage ich. Er nickt, tritt einen Schritt auf mich zu.

In mir krampft sich alles zusammen. Es fühlt sich an wie damals mit Jamie, gut, aber nicht richtig. Vielleicht ist es eines Tages richtig, aber ich kann ihn jetzt auf gar keinen Fall küssen.

Doch wider Erwarten nimmt er mich fest in den Arm. „Schlaf gut, Kleines. Ich hoffe wir sehen uns bald.", sagt er, küsst mich auf die Wange, streichelt meine Schulter und dreht sich um, um zu gehen.

„Kyle!", hör ich mich rufen. Er dreht sich um, sieht mich an. Ich sammle mich. „Danke, ehm, fürs nach Hause bringen, du… du kannst ja morgen Nachmittag mal vorbei schauen.", stottere ich. „Gern", sagt er und zwinkert.

Dann geht er die Straße entlang.

Ich bleibe wie angewurzelt stehen. Es wird hell. Ich schaue ihm nach, bis er nicht mehr zu sehen ist. Überwältigt von diesem Abend.

Dass KEIN Kuss einen mehr aus der Fassung bringen kann, als ein Kuss hätte ich niemals gedacht.. Ich hätte fest damit gerechnet, dass er mich küsst, aber er hat es nicht getan. Er war so respektvoll, verständnisvoll.

Normalerweise endet es so wie bei Jackie und James. In den meisten Fällen bleibt es dabei und bedeutungslos. Doch das mit Kyle war anders.

Ich schließe leise die Tür auf und gehe nach oben. Dort lege ich mich ins Bett.
Ich kann nicht schlafen, es dauert ewig, bis ich einschlafe.
Gegen Mittag werde ich wach. Es riecht nach Essen. Ich stehe auf. Hoffentlich hat Emma meine Schuhe entdeckt, sonst wird sie sich zu Tode erschrecken.
Vorsichtshalber rufe ich schon auf der Treppe nach ihr.
„Ja, ich hab deine Schuhe gesehen, was ist denn Kind? Ist was passiert? Geht es dir gut?", ruft sie während sie mir entgegen eilt.
„Ja alles bestens, ich war mit Jackie aus, sie hat jemanden kennen gelernt, ich wollte nicht stören, also bin ich nach Hause gegangen."
Sie wird wütend. „Mitten in der Nacht? Spinnst du? Du kannst doch nicht mitten in der Nacht alleine in New York herum laufen!!", schreit sie fast. Ich blicke sie erschrocken an.
„Oh, nein, nein Mama, ich war nicht allein, Kyle hat mich nach Hause gebracht.", sage ich und grinse. Sie beruhigt sich.
„Soso, dann setz´ dich mal, nimm dir was zu essen und erzähl mir von Kyle.", sagt sie, mit einem breiten Lächeln. Ich werde rot. Ich erzähle ihr von der letzten Nacht.

„Dein Kyle scheint ein guter Junge zu sein. Trotzdem solltest du dich nicht so viel herumtreiben, du erwartest ein Kind.", sagt sie belehrend. Ich rolle bloß mit den Augen, esse auf und gehe duschen.

Gegen halb drei schellt es.

Mein Herz macht einen Sprung.

Ich renne fast die Treppe herunter, hole tief Luft und öffne die Tür. Doch es ist Mrs. Williams. „Hey Mo, wie geht's dir Kleines?", fragt sie und tritt ein. „Gut.", sage ich enttäuscht und will gerade wieder hoch gehen, als es erneut schellt. Emma hat Mrs. Williams in Empfang genommen, also gehe ich zur Tür. Ich öffne sie ruckartig. „Wow, starke Zughand!", sagt Kyle lachend, als ich verdattert vor ihm stehe. „Hey, ehm, danke.", sage ich und lächle unsicher.

Kyle kommt herein. „Kyle? Junge was machst du denn hier, ist was im Haus kaputt?", fragt Mrs. Williams verdutzt, sieht erst Kyle, dann Emma an. „Hey Granny.", sagt Kyle, geht auf die alte Dame zu und küsst sie auf die Wange.

„Hi Mrs. Scott, ich bin Kyle Williams, ich wollte Moisha besuchen.", sagt er zu Emma, sie schüttelt ihm die Hand. „Ach so, ich dachte schon du arbeitest auch sonntags für deinen Vater.", sagt Mrs. Williams und lacht. „Ach, du bist der Sohn von Hank Williams? Reparaturservice?", sagt Emma. Ich stehe nur da und schaue von einem zum anderen. „Ja, genau.", sagt Kyle fröhlich. Wie klein doch die Welt ist.

„Gehen wir hoch?", fragt Kyle mich, ich nicke und gehe vor. Kyle folgt mir, die Damen gehen ins Wohnzimmer.

Kyle und ich setzen uns auf mein Bett, ich streichle meinen Bauch. „Kann man schon spüren wie er oder sie tritt?", fragt Kyle.

„Noch nicht, erst in vier bis fünf Wochen.", sage ich. „Weißt du schon, ob es ein Junge oder Mädchen wird?" Ich schüttele den Kopf. „Nein, aber ich glaube schon seit ich weiß, dass ich schwanger bin, dass es ein Junge wird. Leider lag er beim letzten Ultraschall so, dass man es nicht sehen konnte.", antworte ich.

Wir unterhalten uns über belanglose Dinge, welches Eis wir mögen, welche Farbe.

Nach einer Weile fragt Kyle „Woran ist er gestorben, Mo?" Ich erschrecke, stehe auf.

„Darüber möchte ich nicht reden.", sage ich hart.

„Ok, sorry, tut mir leid. Ich dachte, wenn wir uns näher kommen, dann fällt es dir leichter.", sagt er. „Ich werde niemals darüber reden Kyle, wenn du mir nah sein willst, akzeptiere das und lass mich damit in Ruhe. Vielleicht gehst du jetzt besser.", fahre ich ihn an und öffne meine Tür.

„Tut mir leid.", sagt er im raus gehen traurig.

Ich atme tief durch. „Kyle, mir auch. Wenn du willst, naja, kannst du auch noch bleiben. Bei dem Thema raste ich einfach aus. Tut mir leid.", sage ich entschuldigend.

Kyle kommt zurück ins Zimmer, ich schließe die Tür und er umarmt mich.

„Du hast alle Zeit der Welt.", flüstert er.

Ich küsse ihn auf die Wange. Wir schauen zusammen ein bisschen fern, bis Emma uns zum Essen ruft. Mrs. Williams ist schon vor einer Weile gegangen.

Emma fragt Kyle ein paar Dinge. Mir ist es unangenehm, dass sie ihn ausfragt. Aber irgendwie ist es auch süß von ihr. Wir unterhalten uns noch lange mit Emma, dann bringe ich Kyle zur Tür.

„Gibst du mir deine Handynummer?", fragt er. Ich nicke, er gibt mir sein Handy und ich tippe sie ein. Wir umarmen uns, Kyle legt eine Hand an meine Wange, stupst meine Nase mit seiner.

„Bye.", flüstert er und dreht sich um.

In mir tobt ein Sturm. Doch ich bringe es nicht über mich, ihn zurückzuhalten. Ich gehe rein. Kurz darauf schellt mein Handy. Eine SMS von Kyle. Es steht nichts darin, nur ein Kusssmiley ist abgebildet.

Ich schicke ein Lächeln zurück, drücke mein Handy an mein Herz.

Ich weiß nicht, was überwiegt. Die Freude und das tolle Gefühl im Bauch oder die Schuld, die ich empfinde, wenn ich an Mike denke.

Ich gehe zu Emma ins Wohnzimmer, setze mich zu ihr auf die Couch und vergrabe mein Gesicht an ihrer Schulter. Sie streichelt mich. „Ist ok, Baby. Es ist gut, dass du jemanden hast.", sagt sie, als wüsste sie genau, was ich denke.

„Ich liebe Mike, Mama. Er ist irgendwo da draußen, sucht vielleicht nach mir, ist todunglücklich und ich sitze hier, mit seinem Baby im Bauch und habe Kyle!?" Ich fange an zu weinen.

„Ich kann doch nicht einfach glücklich sein, wenn sie denken ich kehre nie mehr wieder, sich Sorgen machen.", schluchze ich.

Emma nimmt mich in den Arm.

„Weißt du mein Kind, nachdem Jordan gestorben war, habe ich gedacht, ich dürfte nie mehr lachen, Glück empfinden, weil er es nicht mehr kann. Doch mit der Zeit wurde mir klar, dass das nicht wahr ist. Was bringt es Jordan, wenn ich unglücklich bin. Er hat ja nichts davon, er kehrt dadurch nicht zurück. Nun, deine Leute sind nicht tot, aber sie sind unerreichbar. Zumindest jetzt gerade. Was bringt es ihnen, wenn du hier sitzt und unglücklich bist? Es bringt dich nicht schneller wieder zu ihnen zurück. Du musstest weg, um zu überleben. Du darfst leben, Moisha! Du musst sogar! Denn nur lebendig hast du die Chance, eines Tages zu ihnen zu fahren und alles zu erklären. Deine Ma weiß, dass du lebst. Mehr kannst du jetzt nicht für sie tun. Lebe, Kind, lebe!", sagt sie, ruhig und tröstet mich.

Ich schweige, kuschle mich an sie und wir schauen gemeinsam Grey´s Anatomy.

Nach einer Weile schaut Emma mich an und beginnt zu lachen. „Was ist?", sage ich und muss mit lachen, weil es so ansteckend ist. „Mensch Mädel, dich hat es ja ganz schön erwischt, wenn du dich so schuldig fühlst.", sagt sie und lacht lauter, wirft ein Kissen nach mir.

Zuerst bin ich erschrocken.

„Gar nicht!", sage ich und muss selbst lachen. „Möchtest du ihn so gern küssen, mit deinen Lippen seine Lippen berühren, in seinen Augen versinken…", sagt sie theatralisch und sinkt, ihr Herz haltend, auf die Couch.

Ich rolle mit den Augen, laufe knallrot an und drücke mir ein Kissen ins Gesicht.

„Na tu nicht so, Mo, du wärst nicht schwanger, wenn du so unschuldig wärst, wie du gerade tust!", sagt sie und wirft erneut das Kissen nach mir.

„Was hast du eigentlich Kyle über dich erzählt?", fragt sie dann. „Als er nach dem Vater des Kindes fragte, hab ich gesagt, er sei tot. Ansonsten sage ich, dass ich nicht darüber reden will. Ich will ihn nicht so belügen müssen.", sage ich gequält. „Das verstehe ich. Denke so ist es am besten. Wer weiß, vielleicht kannst du eines Tages reinen Tisch machen.", antwortet sie und schaut zum TV. „Mama, was mache ich, wenn aus Kyle und mir wirklich etwas wird und ich sehe eines Tages Mike wieder.", frage ich sie. „Dann folgst du deinem Herzen, Schatz.", antwortet sie leise.

Die Antwort beruhigt mich kein bisschen.

Ist mein Herz in der Lage, jemand anderen so zu lieben, wie Mike? Will ich das? Ist es nicht unfair, Kyle gegenüber, wenn er niemals das für mich sein wird, was er verdient hätte. Ich sollte ihn in Frieden lassen. Der Gedanke allein macht mich unendlich traurig.

Aber eigentlich hat Emma Recht. Ich kann nicht aufhören zu leben, das bringt niemandem etwas. Sie können nichts dafür, dass sie mich verloren haben, aber ich kann auch nichts dafür.

Ich hab mich selbst beschützt. Ich muss mich um mich kümmern und um das Baby und wenn ich Mike eines Tages wieder sehe, dann sind wir vielleicht alt, er hat auch jemanden gefunden und ich stehe allein da. Oder wir stellen dann fest, dass wir uns immer noch lieben und treffen Entscheidungen. Oder wir lieben die Personen, mit denen wir gelebt haben und bleiben bei ihnen. Ich darf nicht so viel darüber nachdenken. Ich muss leben, im Hier und Jetzt.

Emma und ich schauen noch die Folge zu Ende und gehen dann schlafen.

Bevor ich mich hinlege, rufe ich Jackie an. Sie erzählt mir, dass sie einen schönen Tag mit James hatte und sie total verknallt ist. Sie fragt nach Kyle. Ich erzähle es ihr und sie freut sich für mich. Wir verabreden uns für die Mittagspause am nächsten Tag und gehen schlafen.

Die nächsten Tage habe ich kaum Zeit.

Donnerstag fragt Kyle mich per SMS, ob ich Lust habe, Freitag mit ihm nach Coney Island zu fahren. Wir haben beide am Freitag frei, also sage ich zu.

Er holt mich morgens ab und wir fahren mit der Bahn. Es ist schönes Wetter und immer noch sommerlich. Auf dem Boardwalk nimmt Kyle meine Hand. Ich starre fasziniert auf das Meer. Ich war noch nie am Meer.

„Können wir im Sand laufen?", frage ich Kyle und ziehe ihn mit mir.

Ich wirbele wie ein Kreisel herum.

Das ist die schöne Seite des Lebens.

Kyle sieht mir zu. „Nicht so wild, du fällst noch hin.", sagt er besorgt. Ich werde ruhiger, atme schwer. „Spielverderber.", sage ich und lache ihn an. Er kommt auf mich zu und nimmt meine Hände. Wir drehen uns und tanzen ohne Musik. Ich lasse das Gefühl zu, diese Leichtigkeit, der Wind streift über meine Haut.

Wir lachen, kreischen. Irgendwann lässt sich Kyle auf den Boden fallen, völlig außer Atem, ich lege mich zu ihm. „Das war schön.", stöhne ich, völlig aus der Puste. Ich drehe mein Gesicht zu seinem, er schaut mich an, lächelt. Dann dreht er sich plötzlich zu mir um, sagt, „Sorry, aber ich kann nicht anders.", und küsst mich.

Ich bin in einer anderen Welt.

Die Welt um mich herum dreht sich, ich möchte, dass der Kuss nie aufhört. Plötzlich springt Kyle auf. „Scheiße, tut mir leid Mo, ich hab dir versprochen, dass du so viel Zeit bekommst, wie du brauchst. Sorry… wirklich….", stammelt Kyle hektisch, rauft sich die kurzen Haare.

Ich stehe auf.

„Kyle… Kyle…" Ich versuche ihn zu beruhigen, er entschuldigt sich weiter. „Kyle!", rufe ich dann, er verstummt, sieht mich an.

Ich gehe auf ihn zu und küsse ihn. Er braucht einen Moment, dann umschließt er mich mit seinen Armen und erwidert meinen Kuss. Als wir uns voneinander lösen, grinst er breit.

„Wow.", flüstert er nur und stupst meine Nase mit seiner an.

Wir halten uns an den Händen und laufen durch Luna Park, fahren Riesenrad, bis es dunkel wird. Wir essen Burger bei White Castle.

Als die Sonne untergeht, sitzen wir am Strand auf einer Bank und schauen de Sonnenuntergang an. Ich lehne mich an Kyle.

Hinter uns läuft ein älteres Ehepaar Hand in Hand den Boardwalk entlang. „Sieh mal Harold, die kleine Familie.", sagt die Frau leise und entzückt zu ihrem Mann.

Ich sehe Kyle an, er lehnt seine Stirn gegen meine und schaut weiter in den Sonnenuntergang. „Was findest du an mir, Kyle? Ich bin ein schwangeres Mädchen vom Land, ich habe nichts.", sage ich plötzlich. "Shhht.", sagt er, legt mir einen Finger auf den Mund.

„Mo, manches kann man nicht erklären. Ich hab dich da in der Bar gesehen und wollte dich kennen lernen. Umso mehr wir sprachen, umso näher wollte ich dir sein und ich meine nicht nur körperlich. Du hast etwas an dir, dass mich fasziniert, mich neugierig macht. Da ist ein Geheimnis in deinen Augen und ich will es herausfinden. Wenn du mich lässt.", sagt er.

Ich gebe ihm einen Kuss und lehne mich wieder an seine Schulter. Die Sonne versinkt im Meer, die Lichter des Vergnügungsparks sind bunt und wild. Es ist so friedlich hier, mit Kyle und dem Ozean.

Nach einer Weile machen wir uns auf den Rückweg. Kyle bringt mich nach Hause.

Vor der Tür verabschieden wir uns. Als ich reingehe, sehe ich Emma am Fenster stehen, sie winkt Kyle zu. Ich gehe rein, bleibe im Durchgang stehen und lege meinen Kopf gegen den Türrahmen. Emma grinst.

„Du Stalkerin.", sage ich zu ihr und lache. „Willkommen zurück im Leben, mein Kind.", sagt sie und nimmt mich in den Arm.

Die Wochen bis Dezember vergehen wie im Flug. Mein Bauch wächst und wächst. Mr. Capoty bittet mich, ab Ende Januar krankgeschrieben zu werden und zu Hause zu bleiben. Er kann mir die Arbeit nicht zumuten. Wenn ich krankgeschrieben bin und danach eine Weile in Elternzeit, kann er eine Vertretung nehmen.

Nach dem Gespräch treffe ich mich mit Kyle und wir gehen zum Rockefeller Center, um dabei zu sein, wenn der Baum anfängt zu leuchten.

Es ist voll und wir stellen uns etwas Abseits hin. Die Veranstaltung ist feierlich und macht Spaß. Kyle hält mich die ganze Zeit warm.

Als der Baum beleuchtet wird, verändert sich meine Stimmung. Ich sehe Ma und Dad in jedem

Paar, wie sie dort vor diesem Baum stehen und Dad voraussagt, dass sie ein Mädchen bekommen werden. Tränen laufen mir über meine Wangen. „Mo, Mo ist alles ok? Was ist denn? Hast du Schmerzen?" Kyle ist sehr besorgt, wischt mir die Tränen weg. Ich schüttele den Kopf. „Ich bin ok, Mike.", sage ich.

Kyle sieht mich mit großen Augen an.

Ich schaue ihn an, realisiere, was ich gerade gesagt habe und breche erneut in Tränen aus. „Sorry, es tut mir leid, Kyle, es tut mir leid.", schluchze ich. Er nimmt mich in den Arm. „Schon ok.", sagt er ruhig und leise.

Die Menge um uns feiert. „Können wir gehen?", frage ich vorsichtig. Er nickt und wir gehen zur Bahn. Wir schweigen, bis wir bei mir sind.

Emma ist noch bei der Arbeit. Wir legen uns zusammen ins Bett, schauen Fernsehen und reden nicht mehr über vorhin.

„Fühl, da, er tritt!", sage ich plötzlich, als mein Baby eine Beule in meinen Bauch drückt.

Kyle sieht mich nur an, dann auf die Beule, dann wieder mich. „Mike war sein Daddy, oder?", fragt er. Mir wird übel. Ich will ihn nicht belügen. Aber kann ich ihm die Wahrheit sagen? Wird er mich verlassen, wenn er weiß, wer ich wirklich bin, was mir wiederfahren ist, dass Mike lebt? Ich sehe ihn an, nicke. „Woran ist er gestorben Mo?", fragt er vorsichtig.

Es ist zu spät. Ich muss mich entscheiden, Lüge oder Wahrheit. Ich fange an zu weinen.

Kyle nimmt mich in den Arm. „Ist ok, du musst nichts sagen.", sagt er.

Ich beschließe, ihm die Wahrheit zu sagen und setze mich auf, wische mir das Gesicht trocken.

„Kyle, ich erzähle dir jetzt etwas und ich verstehe, wenn du danach gehen willst und nie mehr wiederkommst. Ich hab dich angelogen. Ich weiß, das ist keine Entschuldigung, aber ich musste es tun. Wenn du die Geschichte kennst, dann verstehst du vielleicht warum.", sage ich zitternd. Kyle setzt sich ebenfalls auf, mir gegenüber und runzelt die Stirn.

„Die Geschichte?", fragt er.

„Ja, die Geschichte meines Lebens.", sage ich.

Er nickt, nimmt meine Hand und ich beginne zu erzählen.

Ich lasse nichts aus.

Am Ende laufen Kyle Tränen über das Gesicht. Ich wische sie weg. „Es tut mir so leid, Mo.", sagt er schuldbewusst. „Das muss es nicht, Kyle, du hast alles richtig gemacht. Du hast mich gerettet, vor dem tiefen Abgrund der Trauer.", sage ich. „Aber du liebst ihn und du wirst es immer tun, oder?" Ich schaue ihn an. „Ich liebe Mike, er war mein Leben. Ein Teil von mir, wird ihn immer lieben. Er ist der Vater meines Kindes. Aber durch dich habe ich gelernt, wieder glücklich zu sein, das Leben, dieses neue Leben, unser Leben zu lieben. Ich liebe dich Kyle, nicht weniger als Mike, nicht mehr. Er ist meine Vergangenheit…"

„Und ich will deine Zukunft sein, Mo.", sagt er und küsst mich. Ich sage nichts mehr, erwidere seinen Kuss.

Dann nimmt er mich fest in den Arm.

„Danke, dass du das Geheimnis gelüftet hast. Das genügt mir. Ich liebe dich und den kleinen Mann in deinem Bauch.", sagt er, sieht mir dabei tief in die Augen und legt seine Hand auf die Kugel. Der Kleine tritt wieder und Kyle grinst.

„Ich werde versuchen, ihm ein guter Daddy zu sein." flüstert Kyle. Mein Magen krampft sich zusammen, doch ich sage nichts.

Kyle ist danach sehr still, nachdenklich.

„Ich schlafe heute zu Hause ok?", fragt er nach einer Weile und steht auf. Ich bin verdutzt.

„Ja… ok, wenn dir das lieber ist.", sage ich und schaue ihn fragend an.

Kyle gibt mir einen Kuss auf die Stirn und geht.

Ich bleibe verdattert auf dem Bett sitzen.

Kommt er vielleicht doch nicht damit zurecht, dass Mike lebt, dass ich ihn liebe, mit der ganzen Geschichte? Wie soll ein Mensch auch damit klar kommen? Kyle liebt mich. Er liebt das Baby, möchte die Vaterrolle übernehmen.

Nachdem ich ihm die Wahrheit gesagt habe, muss er immer mit der Angst leben, nicht genug zu sein. Er wird mit Mike konkurrieren und vielleicht immer fürchten, dass ich ihn wieder sehe und mit ihm leben will.

Meine Familie wiederzusehen, ist mein allergrößter Wunsch und wahrscheinlich jetzt Kyles größter Alptraum. Ich breche in Tränen aus.

Irgendwann höre ich Emma nach Hause kommen.

„Mo? Bist du da?", ruft sie die Treppe herauf. „Ich hab uns Pizza mitgebracht!".

Ich stehe auf, wische mein Gesicht ab und gehe runter.

Emma sieht mich erschrocken an.

„Hey, was ist denn los?", sagt sie und kommt auf mich zu, nimmt mich in den Arm.

„Ich habe Kyle alles erzählt. Erst hat er gesagt, dass er mich und den Keinen liebt und alles gut wird. Er wollte dann aber lieber nach Hause gehen und dort schlafen." Während ich erzähle, laufen mir Tränen die Wangen hinunter.

Emma wischt sie weg.

„Mama, was mache ich, wenn er sich trennen will?", sage ich verzweifelt.

„Naaa, Kind. Gib dem Jungen einen Moment. Es ist schon eine heftige Geschichte, die du mitbringst. Lass ihn mal damit zurechtkommen. Er wird schon wiederkommen.", sagt sie zuversichtlich und schiebt mich zum Tisch.

Ich esse wenig.

Emma hat schon Recht. Natürlich ist das nicht ohne und er braucht sicherlich etwas Zeit, um damit fertig zu werden.

Meine Gedanken kreisen darum.

Nach dem Essen gehe ich nach oben.

Da schellt es. Ich laufe wieder runter und öffne die Tür. Kyle steht vor mir.

„Hey.", sagt er leise.

„Hey.", antworte ich ebenso leise. Ich gehe wieder hoch, er folgt mir.

„Mama, Kyle ist hier, wir sind oben!", rufe ich noch.

Ich setze mich im Zimmer aufs Bett.

Kyle schließt die Tür hinter sich. Es ist fast zehn, ich bin müde vom Weinen, mein Herz schlägt wie wild. Kyle lehnt sich an die Tür und sieht mich an. Er sieht traurig aus.

„Moisha, erstmal will ich mich entschuldigen, dass ich so plötzlich gegangen bin. Aber du musst mich verstehen. Nun, da du so ehrlich warst, will ich es auch sein.", setzt er an und schluckt. Mein Magen krampft sich zusammen. Er wird gehen, ich spüre es.

„Ich habe schon lange geahnt, dass deine Geschichte nicht ohne sein kann, weil du so wenig von dir Preis gibst. Ich habe dir die Zeit gelassen. Aber das alles hätte ich nicht erwartet. Du musst dir vorstellen, bis vorhin hatte ich eine 20 jährige, schwangere Freundin, die viel mitgemacht hat, wenig von sich erzählt, aber bei der ich mir sicher war, dass sie mich liebt und mit mir ein neues Leben begonnen hat. Jetzt habe ich plötzlich eine 17 jährige Freundin, mit einer falschen Identität, einer Vergangenheit wie aus einem Thriller. Ich bin gezwungen, meine Eltern, Freunde, ja eigentlich jeden um mich herum anzulügen, was deine Identität angeht, was den Vater dieses Kindes angeht. Im ersten Moment war ich glücklich, das du so ehrlich warst, denn das beweist mir, dass du mich wirklich liebst. Das du willst, dass ich deine Zukunft bin. Doch ich weiß gerade nicht, ob ich das sein kann. Bitte Mo, verstehe es nicht fasch. Ich liebe dich. Mehr als ich beschreiben könnte. Aber ich wünschte du hättest es mir nicht gesagt. Ich weiß wie das klingt und im Grunde hast du das Richtige getan. Aber ich kann damit nicht umgehen. Ich weiß nicht, was ich tun soll. Ich will keine Lüge leben, aber ich muss es, wenn ich an deiner Seite bin. Gott, ich fühle mich so schäbig. Ich will dich nicht im Stich lassen, aber ich weiß einfach nicht, was ich tun soll…" Er bricht in Tränen aus und sinkt auf den Boden. Ich starre ihn an, kann mich nicht rühren. Kyle weint.

Wie mechanisch stehe ich auf, setze mich zu ihm. „Weißt du Kyle, dass was du gerade empfindest, kenne ich zu gut. Zu oft habe ich im Carter´s auf dem Boden gesessen und geweint. Ich wollte nicht mehr leben, wusste weder ein, noch aus. Dann habe ich erfahren, dass ich schwanger bin. Ich hab die Entscheidung getroffen, zu kämpfen, ganz egal wie schwer es wird. Ich habe Emma an meiner Seite und ich hatte dich. Ihr habt mir den Mut gegeben, weiter zu machen. Dieses Lügengebilde ist für mich ebenso grausam, aber welche Wahl habe ich. Meine wahre Identität kann mein Kind und mich das Leben kosten. Ich bin minderjährig. Sie würden mich sofort zu meiner Mutter schicken. Es gäbe nichts Schöneres für mich, als sie wieder zu sehen. Doch da ist Joe. Er will mich loswerden. Mein Baby ist sein Enkel. Er würde auch ihm etwas antun. Also muss ich Moisha Jenkins bleiben, 20, aus Wisconsin, ohne Familie. Weißt du Kyle, ich würde auch gern mein letztes Schuljahr antreten, meine Freunde sehen, einen Abschluss machen, nächstes Jahr zum Ball gehen, bei Ma sein. Aber es geht nicht. Immerhin hast du eine Wahl. Du hast dein Leben, dass einzige was du entscheiden musst ist, ob ich Teil davon bleibe oder nicht. Ich verstehe, wenn ich es nicht sein kann. Ich hab dir die Wahrheit gesagt, weil ich dich liebe, weil ich will, dass du die Wahl hast und die Wahrheit kennst, auf die Gefahr hin, dass du gehst. Das unsere Liebe nicht stark genug ist, dies zu überwinden oder das du diesen Weg nicht mit mir gehen willst oder kannst. Du hast die Wahl Kyle.", sage ich, ruhig und sachlich. Dann sehe ich ihn an. Er weint immer noch, zieht mich an sich. „Was geschieht, wenn Mike eines Tages auftaucht?", sagt er schluchzend und so leise, dass ich es fast nicht hören kann. „Ich weiß es nicht Kyle. Er wird Teil meines Lebens sein, er ist der Vater meines Kindes. Er wurde von mir weggerissen, wie mein ganzes Leben. Ich weiß nicht was geschieht. Ich weiß nicht, in welcher Situation wir dann sind, in welcher er ist. Ich kann dir nicht sagen, was ich dann fühle. Ich lebe ein anderes Leben, hier in

New York, mit Emma, dir, Jackie, dem Job im Hotel und meinem Baby im Bauch. Diese Moisha liebt dich so, wie die andere Moisha Mike liebt. Welche ich letztendlich bin und sein werde und sein will, kann ich dir nicht sagen. Sie sind meine Vergangenheit, du kannst meine Zukunft sein. Mit einer konstruierten Identität. Doch ich bin trotzdem ich. An meiner Person habe ich nichts geändert. Ich bin und bleibe Moisha. Es wird wahrscheinlich nie leicht werden, deshalb denk darüber nach, ob du es willst und kannst, oder nicht.", sage ich und Tränen laufen über meine Wangen.

Kyle sieht mich an, wischt meine Tränen ab. Er küsst mich. Ich sitze einfach nur da. Ich kann nicht fassen, dass ich nicht bedacht habe, was die Wahrheit bewirken kann.

Ich hasse mich für den Gedanken, dass ich lieber nichts hätte erzählen sollen.

Ehrlichkeit ist doch immer am besten. In meinem Fall zwar nicht überall, aber so grundsätzlich. Kyle sieht mich an.

„Ich weiß nicht, ob ich diese Entscheidung treffen kann. Eines Tages werden meine Eltern etwas von dir wissen wollen. Was soll ich ihnen dann sagen?" „Naja, je nachdem wie nah wir uns sind, werde ich auch ihnen irgendwann die Wahrheit sagen. Wenn ich 18 bin, kann man mich zumindest nicht mehr einfach zurück schicken. Allerdings würde ich, wenn es offiziell heraus kommt vor Gericht müssen. Ich denke diese Art von Betrug ist nicht ohne. Eventuell kommt mir meine Ausweglosigkeit zugute, dafür müsste ich aber alles erzählen. Sie würden Joe strafrechtlich verfolgen, er würde herausfinden wo ich bin, alle würden es. Wenn sie ihn nicht verhaften, muss ich wieder fliehen. Vielleicht hat er auch Handlanger, ich müsste um mein Leben bangen. Eines Tages will ich das alles aufklären, aber so, dass ich sicher bin. Nicht weil ich selbst angeklagt bin. Deshalb muss ich aufpassen, was ich tue, ob ich will oder nicht."

Es klopft an der Tür.

„Ich wollte nur gute Nacht sagen, Kind. Lasst euch nicht stören. Bis morgen.", sagt Emma und geht wieder.

„Gute Nacht!" sagen Kyle und ich im Chor. Er sieht mich an, legt seine Hand auf meine Wange. „Ich verstehe deine Situation. Ich weiß nur nicht, was ich tun soll, da ich nichts davon wusste.", sagt Kyle resigniert. „Kyle, wenn du es von Anfang an gewusst hättest, hättest du dich von mir fern gehalten?", frage ich und bin selbst erschrocken und nicht sicher, ob ich die Antwort hören will. „Hm, ich glaube ich wäre sehr vorsichtig gewesen. Ja, eventuell hätte ich dich erst gar nicht näher kennen lernen wollen, aus Angst vor diesem Lügengeflecht. Aber ich bereue es nicht und ich würde es nicht rückgängig machen wollen. Was auch immer jetzt geschieht, ich bin glücklich, dass ich dich kennen gelernt habe, das wir zusammen sind, weil du ein wundervoller

Mensch bist. Du bist für mich mein Gegenstück. Gerade deshalb habe ich solche Angst. Denn ich glaube dein Gegenstück hast du schon weit vor mir gefunden und du kannst nicht bei ihm sein, weil euch das Leben trennt und nur deshalb liebst du mich, weil euch das Leben getrennt hat und ich seinen frei gewordenen Platz einnehme. Das weiß ich schon lange, das ist ok. Allerdings, so grausam es klingt, dachte ich, er wäre tot, er kommt nicht zurück und nimmt mir das weg, was ich liebe. Doch nun besteht diese Möglichkeit und ich weiß nicht, ob ich damit leben kann. Mit der Angst, dich zu verlieren und dir die Erfüllung deines größten Wunsches nicht gönnen zu können, weil mein Glück dadurch vorbei sein kann. Im Grunde hängt mein Leben mit dir davon ab, ob du sie wedersiehst oder nicht. Dennoch ist das dein größter Wunsch, was ich verstehe. Ich weiß eben nur nicht, ob ich damit leben kann und sollte. Oder, ob es besser ist den Schmerz zu ertragen, nicht bei dir sein zu können, aber keine Angst zu haben. Die Alternative ist, bei dir sein zu können und eines Tages der Tatsache ins Auge zu blicken. Mit der Chance darauf, dass du dich für unser Leben entscheidest oder zu gehen. Ich weiß einfach nicht, was ich tun soll. Was ich wählen soll.", sagt er verzweifelt und nimmt mich in den Arm.

„Ich kann dir die Entscheidung nicht abnehmen Kyle. Ich liebe dich, aber ich verstehe deine Bedenken und ich kann dir davon keine nehmen, weil ich selbst nicht weiß, was die Zukunft bereithält. Ich will nicht von dir verlangen, dein Leben in meine Hände zu legen und eines Tages entscheide ich mich vielleicht für Mike und für dich bricht alles zusammen. Auch ich muss nun die Entscheidung treffen, ewig auf Mike zu warten oder dich zu wählen, auch auf die Gefahr hin, dass Mike eines Tages Teil meines Lebens sein wird, ohne an meiner Seite zu sein. Du sollst nicht der Lückenbüßer sein, der die Lücke solange füllt, bis Mike zurück ist. Aber ich kann es auch nicht sagen und wenn ich jetzt darüber nachdenke, dann hätte ich dich in Ruhe lassen sollen. Ich habe uns Beiden etwas vorgemacht und jetzt stehen wir da, mit unseren Gefühlen und wissen weder ein noch aus."

Die Realität bricht über mir zusammen. Ich habe auf Mama gehört, wollte leben. Aber es geht nicht. Ich kann keinen Menschen in mein Leben lassen, solange ich Mike nicht loslasse. Ich kann Mike nicht loslassen. Es ist Mike. Mein Mike. Mein bester Freund, meine zweite Hälfte, die Liebe meines Lebens.

Ich muss warten und zu ihm zurückkehren. Auch wenn ich Kyle liebe, er wird immer nur nicht Mike sein. Er wird sich auch immer so fühlen. Ich muss es beenden. Jetzt, hier und heute. Es macht keinen Sinn. Egal wie weh es jetzt tut, ich muss es beenden.

Ich springe auf.

„Kyle. Es tut mir leid. Ich habe einen schrecklichen Fehler gemacht. Ich habe eine Chance auf Glück und ein Leben gesehen. Hab mich in unsere Liebe gestürzt. Aber es ist nicht fair. Es ist dir gegenüber nicht fair, weil ich Mike liebe. Ich weiß nicht, wie lange es dauert, bis ich ihn wieder sehe. Ob es überhaupt geschieht. Ob er mich dann noch liebt. Aber so lange ich ihn liebe, haben wir keine Chance. Bitte geh. Leb dein Leben. Werde Kinderarzt. Heirate eine Frau, die nur dich liebt, die keinen Mike hat. Keine Geschichte wie meine. Du hast das nicht verdient. Ich hätte es niemals so kommen lassen dürfen. Du hast Sicherheit verdient. Jemanden für den du der Einzige bist.", schreie ich fast, während mir Tränen über die Wangen laufen.

Kyle steht auf, kommt auf mich zu.

Er nimmt mein Gesicht in seine Hände.

„Ich liebe dich.", flüstert er, küsst meine Stirn und geht. Ich sehe ihm nach, wie er mein Zimmer verlässt und fühle mich unendlich allein.

So allein wie an meinem ersten Abend im Carter´s. Allein und hoffnungslos.

Ich werde allein bleiben. Nur mein Baby, Emma und ich.

Mehr bleibt mir nicht und wird mir nie bleiben, bis ich Ma und Mike wiedersehe. Jetzt gerade glaube ich nicht daran, dass dies wirklich passiert.

Ich höre wie die Haustür zufällt. Der Ton besiegelt meine Einsamkeit.

Was habe ich Kyle nur angetan? Wie konnte ich so etwas tun. Ich liebe ihn wirklich, von Herzen. Ich wünschte fast, wir hätten eine Chance und meine Vergangenheit wäre kein Thema mehr. Doch sie ist alles, was ich will und habe.

Ich merke erst jetzt, dass ich auf dem Boden liege den Kopf in Emmas Schoß. Ich weiß nicht, wann sie herein kam, wann ich meinen Kopf in ihren Schoß gelegt habe.

Emma. Ohne Emma wäre ich verloren.

Ich streichle meinen Bauch. Wir schaffen es, mein Sohn ich weiß nicht wie, aber wir schaffen es.

Ich wiederhole diesen Satz in meinem Kopf wie ein Mantra, ohne das ich sofort den Verstand verlieren würde.

„Es tut mir so leid, mein Mädchen.", schluchzt Emma über mir. „Ich hätte dir sagen sollen, dass du erst das eine Leben loslassen musst, um das andere zu beginnen. Es tut mir so wahnsinnig leid. Ich war so glücklich, dich Lachen zu sehen und nun ist alles dahin." Sie weint.

Ich schüttele nur den Kopf.

„Dich trifft keine Schuld, Mama.", sage ich und setze mich auf, um sie in den Arm zu nehmen. Wir sitzen lange so da.

Es ist weit nach Mitternacht, als wir schlafen gehen. Ich liege wach, bis die Sonne aufgeht.

Emma liegt neben mir und schläft.

Ich schiebe den Vorhang beiseite und beobachte wie die Sonne langsam die Stadt erhellt.

Die gleiche Sonne wie in Idaho.

Egal wie weit wir voneinander getrennt sind, wir sehen immer den gleichen Himmel.
Ma, Mike und ich.

13

Die Weihnachtstage stehen vor der Tür.

Emma und ich haben das Haus dekoriert, einen Baum aufgestellt ein Menü zusammengestellt.

Von Kyle habe ich nichts mehr gehört.

Er hat mir nach dem Gespräch eine Nachricht geschrieben, dass er eine Weile braucht.

Seine Familie ist über die Feiertage in Kalifornien bei Verwandten. Er ist mit geflogen und nimmt sich Zeit zum Nachdenken.

Für mich ist klar, dass ich, so schwer es auch fällt, keine Beziehung mit ihm führen kann. Vielleicht schaffen wir es, Freunde zu werden, doch da habe ich wenig Hoffnung.

Es ist ein Tag vor Heiligabend.

„Mo, kommst du mal?", ruft Emma von oben. Ich gehe hoch, schaue in mein Zimmer, sie steht grinsend vor mir.

„Kannst du kurz in Jordan´s Zimmer im Schrank nachsehen, ob da noch Teelichter sind bitte?" Ich runzle die Stirn. Warum grinst sie so?

Ich öffne die Tür zu Jordan´s Zimmer und mich trifft fast der Schlag.

Jordan´s Zimmer ist verschwunden. An den Wänden ist eine Tapete mit kleinen Schäfchen, das Holz hat einen frischen Anstrich. Auf dem Boden liegt ein flauschiger Teppich. In der Nähe des Fensters steht ein Kinderbett mit Himmel und in der anderen Ecke ein Wickeltisch.

Die Schranktür steht auf und darin hängen Baby-sachen.

Ich stehe da, mit offenem Mund und Tränen in den Augen. „Frohe Weihnachten!", flüstert Emma hinter mir und umfasst meine Schultern.

Ich drehe mich zu ihr um und nehme sie in den Arm. „Mama, das hättest du nicht tun müssen.", schluchze ich. „Ich weiß mein Kind. Aber der Kleine braucht früher oder später ein Zimmer. Nun habt ihr beide hier oben euren Bereich. Ich bin so glücklich, dass du hier bei mir bist. Das ist mein Dank und dein Weihnachtsgeschenk.", sagt sie und drückt mich an sich.

Ihre Kinder kommen Heiligabend alle her. Cameron habe ich bisher nur am Telefon kennen gelernt, da er in Kalifornien lebt. Die Töchter waren schon einmal hier, kommen aber sehr selten.

Ich bedanke mich noch mehrmals bei ihr.

Das Baby in meinem Bauch strampelt.

Nicht mehr lange und ich halte ihn im Arm.

Ich bin so gespannt, wie er aussehen wird.

Ich freue mich so sehr auf ihn. Mein Kind.

Unser Kind.

Der Gedanke an Mike betrübt mich. Ich schüttele ihn ab.

Emma und ich kaufen noch etwas ein und bereiten das Essen vor. Wir gehen spät zu Bett.

Es ist Heiligabend.

Gegen Mittag schellt es und Cameron und seine Frau Elaine treffen ein.

Sie sind herzlich und begrüßen mich, wie eine Schwester.

Sie übernachten die nächsten Tage im Kinderzimmer. Zusammen mit Valery, die aus Boston her kommt.

Cameron staunt, wie schön Emma das Zimmer gemacht hat. Auch sein altes Zimmer gefällt ihm, so wie ich es gestaltet habe.

„Du hast ja echt ein Mädchenzimmer draus gemacht!", sagt er und wir lachen.

Emma führt Elaine weiter herum, während Cameron und ich das Luftbett aufbauen. „Es ist schön, dass du hier bei ihr bist, Moisha. Sie liebt dich wie eine Tochter und es ist gut für sie, jemanden zu haben, um den sie sich sorgen kann. Der Tod meines Bruders war schrecklich für uns alle. Du gibst ihr eine Aufgabe und Freude und Glück. Danke.", sagt er zu mir und drückt mich.

„Ich habe zu danken, dass ihr mich so nett aufgenommen habt. Ohne Emma wäre ich verloren gewesen." Cameron nickt.

Ich habe mit Emma abgemacht, dass meine wahre Geschichte kein Weihnachtsthema ist und lasse es so stehen.

Wir machen uns alle chic für den Abend. Gegen fünf kommen Kyra, ihr Mann Brandon und Sohn Maddox. Kurz darauf kommt Emma´s älteste Tochter Valery.

Der Abend ist harmonisch und schön.

Die Gedanken an zu Hause schiebe ich so gut es geht beiseite. Beim Singen der Weihnachtslieder kommen mir die Tränen, doch jeder hat Verständnis dafür, das Weihnachten nicht so einfach ist, wenn man keine Familie mehr hat.

Keiner stellt Fragen.

Wir reden über alles Mögliche, lachen viel, spielen Monopoly.

Ich schenke Emma einen neuen Fernseher, den ich mir mühsam zusammen gespart habe.

Sie weint vor Freude. Für die anderen habe ich Kleinigkeiten, über die sie sich sehr freuen. Ich bekomme von jedem einen Gutschein für Kleidung, sowohl für das Baby, als auch für mich.

Ich bin überwältigt von ihrer Großzügigkeit.

Als ich abends im Bett liege, denke ich an Ma. Kurzentschlossen rufe ich sie an. Sie geht nicht ran. Ich versuche es noch einmal. Beim vierten Versuch hebt sie ab. Sie klingt traurig, müde. Wahrscheinlich habe ich sie geweckt. In Idaho ist es elf Uhr in der Nacht. Hier schon eins. „Ma, ich wollte dir frohe Weihnachten wünschen.", sage ich leise und unterdrücke die Tränen. Ma beginnt zu weinen. „Mein Kind, das wünsche ich dir auch. Bitte komm nach Hause.", sagt sie un ihre Stimme bricht.

„Ich kann nicht Ma, eines Tages wirst du es verstehen. Ich liebe dich Ma.", sage ich und schluchze laut. „Ich liebe ich auch. Du fehlst uns hier so sehr, du glaubst nicht, was alles passiert ist, seit du weg bist. Alle glauben du seist tot und ich kann ihnen nichts sagen. Sie sind so traurig. Mike, Kate, die Mädchen, Joe. Sie reden jeden Tag von dir. Ich habe schon fast geglaubt, ich habe deinen Anruf nur geträumt. Lass mich ihnen sagen, dass du lebst, bitte. Egal, was du verbrochen hast, wir kriegen das hin.", sagt sie. „Nein, es geht nicht Ma! Bitte, bitte du darfst es keinem sagen, schwöre es.", sage ich flehend. „Gut, ich schwöre es." Ich lege auf. In mir zieht sich alles zusammen. Sie glaubt ich habe etwas verbrochen. Ich? Was hat Joe ihr erzählt.

Er trauert um mich? Er wollte mich umbringen und verbrennen, mich aus dem Weg schaffen.

Er hat Dad getötet.

Aber natürlich muss sie denken, ich habe etwas getan. Etwas so grausames, dass ich fliehen muss? Traut sie mir das zu? Weil ich sie einmal angelogen habe und auf einer Party war?

Ich hätte sie niemals kontaktieren dürfen.

Was wenn sie Joe sagt, dass ich lebe, dass ich nur Angst hätte. Er wird mich suchen, mich finden, aber mich niemals zurück bringen.

Er wird vollenden was er angefangen hat und ihnen verkünden, dass er mich nicht finden konnte. Oder das ich tot wäre und er nichts habe tun können. Er wird sie trösten, wie damals, nach Dad´s Tod und nur er wird die Wahrheit kennen, genau wie damals.

Angst überkommt mich. Ich rufe Ma noch mal an. Sie hebt ab. „Ma, ich weiß du verstehst es nicht, aber bitte, bitte, bitte, glaube mir, ich habe nichts angestellt, es ist ganz anders. Ich werde es dir eines Tages erklären. Bitte Ma, traue niemandem. Du wirst die Wahrheit erfahren, aber sag niemandem, dass ich lebe. Bitte.", flehe ich sie an. „Ja Mo, ich schwöre es. Ich sage niemandem etwas.", schluchzt sie und weint heftig. „Ich werde kämpfen Ma, mir geht es gut. Ich liebe dich. Bis bald.", sage ich und lege auf. Ich weine mich in den Schlaf. In der Nacht träume ich, dass Joe mich findet, dass er mein Baby nimmt und verschwindet, überall sind Flammen und Schreie. Nassgeschwitzt wache ich früh morgens auf.

Wir bleiben bis Neujahr alle zusammen bei Emma im Haus.
Silvester verbringen wir gemeinsam im Gemeindesaal, mit Emmas Freundinnen.
Um zwölf klingelt mein Handy.
Es ist Kyle. Er ist betrunken.
„Mo, Moisha. Ich wünsche dir ein frohes neues Jahr. Ich wünschte du wärst mein Silvesterkuss gewesen. Stattdessen war es eine Bierflasche. Ich vermisse dich so sehr. Warum konntest du nicht das verwaiste Mädchen aus Wisconsin sein.", lallt er. Ich werde wütend.
„Kyle, dir auch ein frohes neues Jahr, schlaf deinen Rausch aus!", sage ich und lege auf.
Irgendwie verstehe ich ihn ja. Er hätte damit leben können, dass ich eine schlimme Vergangen-

heit habe, aber eben nicht damit, dass wir eigentlich gar keine Chance haben.

Der Gedanke betrübt mich.

Valery kommt zu mir. Sie versucht mich aufzuheitern. Ich lächle, um sie glücklich zu machen. Gegen zwei Uhr gehe ich ins Bett. Ich weine in mein Kissen, bis ich einschlafe.

Was ist das nur, was aus meinem Leben geworden ist?

Ich sollte doch dankbar sein, dass ich lebe, dass ich ein Kind erwarte, dass es Menschen gibt, die sich um mich sorgen.

Doch ich kann nicht. Nicht richtig.

Natürlich bin ich froh hier zu sein, anstatt allein irgendwo auf dieser Welt.

Aber wenn ich tauschen könnte, ich gäbe alles her, um wieder bei Ma und Mike zu sein.

Zu Hause in Middleton zur Schule zu gehen, mein Leben zurück zu bekommen. Ich fühle mich schuldig für diesen Gedanken. Undankbar. Ich hatte so viel Glück und diese Menschen hier, vor allem Emma, geben alles um mir zu helfen und ich würde sie einfach so aufgeben.

Die Wochen verfliegen.

Kyle hat sich nicht mehr gemeldet.

Ich rufe Ma nicht mehr an.

Emma arbeitet nun weniger im Hotel, ich bin krankgeschrieben, verbringe viel Zeit zu Hause und suche nach Möglichkeiten, einen High School Abschluss zu machen.

Es ist ein sonniger, eiskalter Sonntagmorgen im Februar, als ich von einem heftigen Ziehen im Bauch geweckt werde.

Vorsichtig stehe ich auf und gehe runter zu Emma. Sie liegt noch im Bett und schläft.

„Mama.", sage ich, sie wacht auf und die Fruchtblase platzt.

„Kind, oh Gott, wir müssen sofort zum Krankenhaus. Wir bekommen ein Kind!", ruft sie, springt auf und schmeißt sich Kleidung über. Wie durch einen Schleier bekomme ich mit, dass sie mich zu einem Stuhl führt.

Sie ruft einen Krankenwagen, während sie meine Tasche aus meinem Zimmer holt.

Es geht alles ganz schnell.

Es kommen Sanitäter rein.

Alle sehen fröhlich aus, sie legen mich auf eine Liege. Wir fahren mit Blaulicht und Sirenen ins Krankenhaus.

Ich bin gerade im Kreissaal, als sie mich schon dazu anleiten zu pressen. Ich tue, was sie mir sagen, Emma steht hinter mir, hält meine Hand, als ich einen Babyschrei höre und in Ohnmacht falle.

Als ich aufwache, liege ich in einem hellen Zimmer. Um mich herum sind Maschinen.

Auf einem Stuhl am Fenster sitzt Emma und schläft. Daneben steht ein junger Mann, er schaut aus dem Fenster. Ich blinzle. Einen kurzen Moment denke ich, es ist Mike.

Neben mir ist ein Bettchen und darin liegt ein kleines Baby, das friedlich schläft.

Auf dem Schild an seinem Bett, steht „Babyboy Jenkins".

Da ist er. Mein Sohn.

Ich fange an zu weinen, drehe mich zu dem Bettchen um und berühre die Hand des Kindes, als der junge Mann vom Fenster auf mich zukommt.

Es ist Kyle.

„Hey, du bist wach. Setz dich hin, ich gebe ihn dir. Geht's dir gut?", fragt er lieb und streichelt meine Wange, während ich mich aufsetze.

Er gibt mir mein Kind in den Arm, ich gehe mit meinem Gesicht ganz nah an seines, rieche seinen Babyduft und weiß, dass sich Hoffnung so anfühlt.

„Herzlichen Glückwunsch.", flüstert Kyle.

Ich nicke nur.

„Er braucht einen Namen.", fügt er hinzu.

Ich sehe den Kleinen an, als er seine Augen öffnet.

„Maurice.", hauche ich.

Kyle lächelt. „Nach deinem Dad.", sagt er.

„Maurice Mike Jordan Jenkins.", sage ich.

Kyle seufzt, nickt, streichelt die Stirn des Kindes und geht dann zum Fenster.

„Sie ist wach.", sagt er zu Emma, nimmt seine Jacke und geht zur Tür. „Lebwohl Moisha.", sagt er traurig und verlässt das Zimmer.

Ich sehe ihm kurz nach, schaue dann zu Emma.

„Er wird es verkraften.", sagt sie und nickt aufmunternd.

„Hallo, Maurice. Ich bin deine Grandma. Naja, zumindest bis deine Mommy dir deine richtige Grandma vorstellen kann.", sagt sie und küsst den Kleinen auf die Wange.

„Immer.", sage ich und drücke sie an uns.

Epilog

Schweißnass wird er wach. Sie liegt nicht neben ihm. Der Traum, den er hatte, war grausam. Überall Feuer und Schreie.

Sie ist sicher im Bad, denkt er und steht auf um nachzusehen. Da er sie nicht findet, geht er runter in die Küche.

Es ist fast Mittag.

Seine Familie sitzt am Tisch.

Kisha ist da.

Alle weinen, halten sich in den Armen.

„Mike, Junge. Komm zu uns.", sagt seine Mutter. Er geht zum Tisch.

„Was ist los?", sagt er ängstlich.

„Mo ist weggelaufen. Wir wissen nicht wo sie ist, Mike.", sagt sein Vater leise und besorgt.

„Warum ist sie weggelaufen Mike? Du weißt es doch sicher. Wir haben uns gestritten, aber ich wollte doch nicht, dass sie weg läuft.", schluchzt Lakisha.

„Sie, sie war hier bei uns, gerade als ich wach wurde, lag sie nicht neben mir. Ich dachte sie wäre hier unten.", sagt er verdattert. „Seid ihr sicher, dass sie nicht einfach nur spazieren ist?", fragt er hoffnungsvoll.

Joe schüttelt den Kopf und zeigt auf ihr Handy, dass auf dem Tisch liegt. Es ist völlig zerstört.

„Hat Brady hier im Gebüsch gefunden. Ihr muss etwas passiert sein.", sagt er und drückt Lakisha´s Schulter.

Sein Magen dreht sich um.

Wo ist sie?

Da trifft die Polizei ein.

Joe und Lakisha reden mit ihnen.

Er geht hoch in sein Zimmer, sitzt nur da und starrt die Wand an.

Hat sie vielleicht doch etwas mit Jamie? Ist da mehr hinter? Ist sie bei ihm?

Vielleicht hat sie ihr Handy nur verloren.

Er ruft seinen Cousin an. Jamie weiß auch nichts.

Wo kann sie nur sein?

„Mike! Wir fahren nach Middleton, kommst du?" hört er seine Mutter rufen. Er zieht sich schnell etwas an und rennt nach unten.

Sein Vater und Bruder suchen im Umkreis nach ihr. Er ist mit Lakisha und Kate im Haus, falls sie dorthin kommt.

Er sitzt allein oben in ihrem Zimmer, als er draußen etwas rascheln hört. Er stürmt zum Fenster, doch es ist nichts zu sehen.

Im Wald sieht er ein klein wenig von der Hütte. Das er da nicht gleich drauf gekommen ist.

Als er sich umdreht, um das Zimmer zu verlassen, sieht er die Kette, die er ihr geschenkt hatte, auf dem Nachttisch.

Er nimmt sie in die Hand und geht runter.

„Mike, dein Bruder kommt uns jetzt abholen, wir nehmen Lakisha mit zu uns." sagt seine Mutter, als er den Raum betritt.

Er setzt sich zu Kisha an den Tisch, weint mit ihr, steht dann auf um dort nachzusehen.

Da kommt Brady zur Tür herein.

„Ich will noch schnell in die Hütte, da haben wir uns manchmal versteckt, vielleicht ist sie da!" sagt er hoffnungsvoll.

„Nichts! Wir haben alles abgesucht. Sie ist verschwunden." sagt Brady.

Kisha fängt wieder an zu weinen.

Sie gehen zum Auto.

Enttäuscht folgt er den anderen, die Kette in der Hand und steigt in den Wagen.

Joe ist zu Hause in Boise.

Auch sein Vater hat keine Spur von ihr.

Die Polizei beginnt mit der Suche erst nach 48 Stunden.

Jede Minute fühlt sich wie Stunden an.

Mit jeder Stunde, die vergeht, fühlt er sich weiter weg von ihr.

Bisher erschienen:

Bilder von dir
2015

Deena O'Neill

Im Jahr 1986 erblickte ich das Licht der Welt, in einer Großstadt in NRW.

Als Einzelkind meiner Eltern, wuchs ich behütet und geliebt auf.

Zu meinem Leben gehörte stets der Schützenverein, mit meinem Vater an der Spitze, sind der Verein und vor allem die Menschen darin, meine Familie.

Mit 20 begann ich eine Ausbildung zur Erzieherin.

Danach ging ich als AuPair, für ein Jahr, nach Long Island / New York.

Ich wollte raus. Etwas anderes sehen, mich selbst finden und machte mich auf die Reise meines Lebens…

… und wie schon immer in meinem Leben, halfen Musik und Text, über traurige Stunden hinweg.

Musik war immer ein wichtiger Bestandteil meines Alltags. Musik beflügelt die Gedanken, lässt uns abschalten und Geschichten erleben.

Geschichten, die mich weiter denken lassen.

Meine Bücher sind Protokoll meiner Gedanken, meiner Gefühle, meiner Träume und Wünsche, meiner Ängste, meiner Trauer, meiner Wut.

Schreiben hilft mir, wenn ich traurig bin. Es macht mir Freude, wenn ich das was ich denke, erfinde, erlebe aufschreibe.

Ich liebe Geschichten in Büchern, in Filmen, in Songs und vor allem in meinem Kopf.

Mein größter Traum war es, einmal ein Buch zu veröffentlichen.

Ich sah mich selbst, in höherem Alter, auf einer Veranda sitzen und schreiben. Um mich herum singende Vögel, Bäume, Wind.

Doch warum warten und worauf?

Das Leben wartet nicht, es fließt - und passen wir nicht gut auf, rinnt es uns durch die Finger und davon…

"Let's fill the world with words"

Eure Deena